Celui qui voit

Michel Lamontagne

Médiaspaul est bénéficiaire des programmes d'aide à l'édition du Conseil des Arts du Canada et de la Société de développement des entreprises culturelles du Québec (SODEC).

Données de catalogage avant publication (Canada)

Lamontagne, Michel, 1954-

Celui qui voit

(Collection Jeunesse-pop; 129)

ISBN 2-89420-371-3

I. Titre. II. Collection.

PS8573.A421C44 1999 jC843'.54 C99-941174-8
PS9573.A421C44 1999
PZ23.L35Ce 1999

Composition et mise en page: *Médiaspaul*

Illustration de la couverture: *Charles Vinh*

ISBN 2-89420-371-3

Dépôt légal — 3e trimestre 1999
Bibliothèque nationale du Québec
Bibliothèque nationale du Canada

3965, boul. Henri-Bourassa Est
Montréal, QC, H1H 1L1 (Canada)

Site Web: www.mediaspaul.qc.ca

Prologue

La nuit, deux lunes haut perchées et un lézard qui marche. Grand comme un homme, le reptile avance sur des jambes longues et squelettiques. «Plus vite... plus vite...», marmonne l'individu dans sa langue. Mais le terrain rocailleux gêne sa progression et le marcheur est vieux, très vieux. Si le cerveau tient bon, la carcasse se fatigue rapidement.

À plusieurs reprises, le lézard doit s'arrêter pour scruter les alentours; une ombre furtive l'a frôlé ou un bruit inquiétant a retenti tout près. Chaque fois, il maudit sa peur: «Je suis Xède, un savant, *le* spécialiste de l'espace-temps. Mon esprit doit rester froid et logique.» Son courage revenu, il reprend sa route.

Une de ses mains écailleuses tient une mallette noire et l'autre, un petit appareil électronique dont l'écran lumineux affiche un plan de la région ainsi qu'un compte à rebours en minutes et en secondes. «Plus vite... plus vite...», répète le lézard. Xède a déjà visité cette planète, il y a très longtemps. Il avait noté dans son carnet de voyage: «Peu de végétation, quelques animaux et aucune trace d'une présence intelligente. Endroit idéal pour commettre un meurtre, si on réussit à dénicher quelqu'un à assassiner, bien entendu.» Mais le savant n'a pas voyagé à des milliers d'années-lumière de sa planète natale, Tiäne, pour commettre un acte crapuleux. Il parcourt ce lieu sauvage dans un but précis: récupérer un œuf, son enfant à naître.

Le petit appareil émet un signal sonore: Xède est arrivé au point de matérialisation. Il s'arrête, vérifie les données à l'écran; tout va bien, l'œuf devrait apparaître dans quelques minutes. Anxieux, le reptile attend. Il lève la tête et contemple le ciel étoilé. Les lunes, semblables à deux grands yeux dans la nuit, le fixent et Xède croit détecter dans ce regard une profonde hostilité. Mal à l'aise, le lézard retourne à son écran: encore trente secondes. Un vent léger s'élève, accompagné d'un bourdonnement sourd s'amplifiant, signes avant-coureurs de la matérialisation.

Le vent tombe, le bruit s'éteint. L'œuf ne s'est pas matérialisé. Xède pousse un cri déchirant, le cri animal du lézard qui a perdu sa progéniture. Bouleversé, le savant chancelle et glisse, assis par terre. D'abord, il s'accuse: «C'est ma faute! Quel plan idiot! Elle avait raison: personne ne peut aller contre son destin. J'aurais dû l'écouter...» Il se calme et, parce qu'il est un scientifique, il cherche à comprendre ce qui vient de se produire. Peu à peu, son esprit entrevoit une solution pour récupérer l'œuf. Un seul détail cloche: il a besoin de temps, beaucoup de temps, alors que sa mort est imminente. «Je sais, pense-t-il tout haut, Jean va m'aider. Lui comprendra: il est jeune, il est Terrien. Il n'est pas borné comme les gens de ma race. De toute façon, je ne connais personne d'autre.» Encouragé, Xède se relève; il ouvre la mallette noire et en retire trois boules, deux blanches et une bleue, de la taille de balles de golf. Le reptile les dispose sur le sol de manière à former un espace triangulaire. Il entre à l'intérieur du triangle et disparaît, téléporté en direction de la planète Tiäne.

1

La bête

Avec patience, elle guette sa proie et, quand elle attaque, c'est toujours au moment le plus inattendu. Ce matin, la bête attend Jean Tremblay dans la douche. À moitié endormi, l'adolescent de treize ans pénètre dans la cabine et ouvre le robinet. Le chaud contact de l'eau fouette le garçon et dissipe les dernières brumes du sommeil. C'est alors que la douleur frappe: une morsure au bras gauche, un bout de chair croqué avant le coup de griffe qui racle l'intérieur de la tête. Jean serre les dents pour ne pas hurler. «Je ne suis pas là! Je ne suis pas là!», pense-t-il, même si son organisme fait tout pour lui rappeler le contraire. La souffrance s'enfonce comme une pointe acérée, elle déchire le cœur au passage, se heurte à une surface solide et éclate; puis, tout se fige avec un goût de sang dans la bouche. La bête s'éloigne, satisfaite de ses ravages.

Le garçon gît, pantelant, dans la cabine remplie de vapeur. Il n'est pas évanoui, il est seulement ailleurs. Peu à peu, il reprend possession de son corps. Avec le temps, Jean s'est habitué à sa maladie. Au début, les crises le prenaient par surprise. Il voulait fuir ou brandir les poings pour se battre, stratégies futiles quand l'ennemi est un virus logé à l'intérieur de vos cellules. Puis, il a développé une espèce de détachement, une manière de dire à la maladie: «Vas-y! Amuse-toi! Je reviendrai quand tu auras terminé.»

Encore sonné, Jean se remet sur pied et récupère, le dos appuyé à l'une des cloisons de la cabine. Quand il se sent mieux, il dit d'une voix cassée: «Bon, la douche est terminée. C'est assez pour moi» et, d'une main tremblante, il ferme le robinet. En examinant son bras gauche, ses yeux découvrent une tache noire et ronde sur le coude. La maladie laisse des traces qui disparaissent après quelques jours. Les endroits varient, mais la bête semble posséder une prédilection pour le visage et les bras. Le cœur serré, Jean souhaite un remède ou un miracle.

L'année dernière, le jeune Terrien faisait la rencontre à l'origine de son mal. Une nuit, un arbre de la taille d'un pommier à maturité, aux branches nues et à l'écorce noire, s'installait dans le jardin des Tremblay. Intrigué, le garçon se livrait à une enquête qui dérapait en une série d'événements catastrophiques. «L'arbre noir», comme il l'a baptisé, lui a transmis le virus. L'arbre n'y est pour rien; il s'agit d'un accident malheureux.

Malgré tout, le Terrien a réussi à conserver un minimum de sympathie pour cette espèce étrange, même si, les jours de «haut mal», il injurie copieusement le végétal. Jean pourrait difficilement l'expliquer, mais ce qui l'a touché, c'est le «silence» de l'arbre noir, sa capacité à communiquer sans l'aide de mots. Il s'agit d'une race étrange, jamais répertoriée par la Science; elle fuit et se cache grâce à son pouvoir de téléportation qui lui permet de voyager d'une planète à l'autre. Le garçon a eu un «contact» avec un arbre noir, un échange mental d'images et de sensations difficiles à interpréter. Jean a tout de même compris qu'il avait affaire à des êtres intelligents et sensibles; il a aussi détecté des émotions puissantes, contradictoires. La peur: quelque chose ou quelqu'un les terrorise, une puissance autoritaire et cruelle. À l'opposé, la solitude les tue, la compagnie d'autres créatures est essentielle à leur équilibre intérieur. Quand les arbres arrivent sur un nouveau monde, ils se dissimulent et observent les habitants. Si les conditions semblent favorables, ils entrent en contact avec eux. Les arbres sont dociles et obéissants; les gens peuvent les toucher sans danger même si les végétaux sont carnivores. La population les voit comme d'extravagantes curiosités, des plantes exotiques douées d'une pensée rudimentaire. C'est une erreur que les arbres ne cherchent pas à dissiper; ils sont simplement heureux d'être acceptés. De toute façon, ils partiront le moment venu, disparaissant aussi étrangement qu'ils sont arrivés.

Leur dernier domicile se trouvait sur la planète Bridaine, lieu habité par un peuple de voleurs. Ces brigands ont vite saisi les avantages qu'ils pouvaient tirer de la présence des nouveaux venus. Ils ont découvert un produit qui bloquait les fonctions digestives de l'arbre noir. En se logeant à l'intérieur de l'estomac gigantesque du végétal, ils pouvaient atteindre les lieux les mieux protégés et s'emparer des biens nécessaires à leur survie: nourriture, machines, vêtements, et même parfois des gens, détenteurs de connaissances utiles. Jean n'oubliera jamais le chef des bandits: Bolte, un barbu grassouillet, vêtu de robes aussi longues que ridicules.

Du virus transmis par l'arbre, la médecine officielle connaît peu de choses. Il s'attaque surtout aux cellules du système nerveux selon un schéma obscur. Seules consolations, à ce stade-ci, la maladie ne semble pas mortelle et son pouvoir de contagion reste très limité. Mais, pour compliquer les choses, Jean réside sur Tiäne, une planète habitée par des reptiles intelligents, peu versés dans la physiologie humaine. Les lézards médecins ont bien tenté de communiquer avec la Terre, mais les autorités terrestres préfèrent conserver jalousement leurs connaissances scientifiques, même pour aider un des leurs. C'est à cet instant précis que Jean a perdu toute nostalgie de son lieu de naissance.

La Terre est un monde dur, pollué, où la compétition pour l'emploi a pris des proportions inhumaines. C'est pour cette raison que, le 22 juin 2199, Jean et ses parents, Paul et Catherine, ont quitté Montréal pour s'installer sur Tiäne, la planète des lézards. Le garçon est devenu un «immigrant», un étranger noyé dans une multitude aux coutumes déroutantes. Dès leur arrivée, Catherine, euphorique, se livrait à une vaste opération visant à intégrer les membres de la famille à leur nouvel environnement. Elle a confectionné des combinaisons moulantes dont les motifs imitent la peau écailleuse des reptiles. Pour compléter l'effet, elle n'a pas hésité à raser son crâne et à épiler ses sourcils. Ensuite, finie la nourriture terrestre; plutôt des menus à base d'insectes, principale source alimentaire des lézards qui les dégustent vivants de préférence. Sociable, elle a multiplié les occasions de rencontre afin de se faire de nouveaux amis, sans succès. Les habitants de Tiäne sont des êtres lents, apathiques, pour qui la solitude n'a pas de prix. Ils n'avaient que faire de cette femme endiablée qui les invitait à venir déjeuner aux sauterelles dans sa cour arrière.

Jean a tenté de toutes ses forces de résister à la «tornade Catherine». Il s'ennuyait de la Terre, de ses arcades bruyantes, de ses jeux en réseaux informatiques, de ses copains à l'école, d'une bonne tasse de chocolat chaud et même du chien de l'appartement d'à côté, qui grondait chaque fois que le garçon passait devant la porte. Jean se considérait comme un bastion pur et dur de la culture terrienne, un minuscule îlot où la simple idée de termites sautés au beurre accompagnés d'un riz aux abeilles provoquait un frisson d'horreur.

Aujourd'hui, la Terre, les amis, les trop fréquentes querelles avec Catherine, tout cela semble très loin, sans importance. Être malade, c'est vivre avec une présence qui réclame une attention constante et totale. Une seconde d'oubli, une parole insouciante et la voilà en colère! Elle frappe avec force, elle étale sa toute-puissance puis s'éclipse en coup de vent. Le silence suit avec une impression d'incrédulité, contredite par un relent de pleurs et de rage qui brûle les yeux et la gorge. Alors, il lui faut se lever et avancer, ne pas regarder derrière, marcher plus loin, sans se laisser abattre... afin d'aller, ce matin bien précis, déjeuner.

2

La potion

Jean se dirige vers la cuisine lorsqu'il capte une odeur bizarre. Il a toutes les raisons d'être inquiet: Catherine s'affaire au-dessus d'un chaudron d'où monte le fumet détecté. Après l'épisode de la nourriture à base d'insectes, sa mère a découvert un nouveau cheval de bataille: la médecine naturelle. Elle s'est mise en tête de guérir son fils à l'aide de mélanges dont la composition semble soumise à l'inspiration du moment. Le garçon est désormais un cobaye et la cuisine est devenue un laboratoire pharmaceutique, ou plutôt, selon Jean, l'antre d'une apprentie sorcière.

— Tu as bien dormi, mon chéri? demande Catherine sans lever les yeux de son chaudron.

— Je n'ai pas fait de cauchemars, si c'est ça que tu veux savoir.

— Tu vois, je savais que ma tisane te ferait passer une bonne nuit.

Jean fronce les sourcils.

— Une tisane? J'ai cru que c'était un mélange de pétrole et de térébenthine.

— Je sais, le goût était infect, mais seuls les résultats comptent. Bon, c'est prêt.

Catherine prend une louche et verse un liquide fumant et vert dans un bol qu'elle dépose sur la table. Un large sourire aux lèvres, elle déclare:

— Cette potion va donner un coup de fouet à ton système immunitaire.

Un flash traverse l'esprit de Jean: il participe à une publicité et sa mère joue un rôle qui lui va à merveille: la généralissime des chaudrons, l'autorité suprême en matière de tâches ménagères. Petite et boulotte, Catherine est âgée de quarante-trois ans. Aujourd'hui, elle a revêtu un collant qui imite la peau du lézard tigré, un brouillamini de couleurs vives et étourdissantes qui contrastent avec son crâne blanc et luisant. Jean se situe aux antipodes de cette vision: grand et maigre, un visage étroit, encadré par une longue chevelure châtaine, sa fierté. Sa tenue vestimentaire est scandaleusement terrienne: un T-shirt noir, trop grand, et des pantalons en coton bleus, troués aux genoux.

Le sourire de Catherine disparaît lorsqu'elle remarque les traits défaits de son fils.

— Encore une crise?

— Oui, dans la douche.

— Et?

Jean fait la grimace.

— Comme d'habitude.

— Tu te sens assez bien pour aller à l'école?

— Oui, oui.

Le garçon s'installe à table et, à l'aide d'une cuillère, avale prudemment une première gorgée. Le liquide est chaud et possède un goût épouvantable de moisi, caractéristique des créations de sa mère. Heureusement, Jean a l'habitude et il a tôt fait de vider le bol.

— Excellent! fait Catherine, satisfaite. Ce matin, en guise de récompense, tu as droit à un menu spécial.

— Lequel? demande Jean, intrigué et un peu craintif.

— Pains dorés nappés de sirop d'érable.

La surprise se peint sur les traits du garçon.

— Comment as-tu fait? Les importations terriennes coûtent une fortune.

— Tu sais, il me reste encore des amis sur Terre. Hier, j'ai reçu par courrier spécial une pleine boîte de victuailles. Entre autres choses: des sachets pour faire du chocolat chaud!

— Génial!

Catherine s'active devant ses fourneaux et, bientôt, le plat annoncé est servi au garçon radieux. Les pains dorés, le sirop, tout est parfait. Jean mastique avec lenteur, afin de mieux savourer. L'assiette terminée, le jeune Terrien se sent ragaillardi et prêt à affronter de nouveau la bête.

— C'était délicieux! Merci.

— De rien. En passant, j'ai eu des nouvelles de ton père. Il a laissé un message sur le vidéophone. Il sera de retour dans deux semaines. Le forage sur la troisième lune de Tiäne va prendre plus de temps que prévu. Il y avait aussi un message de Xède.

— Xède? Ça doit bien faire six mois qu'il ne s'est pas manifesté.

— Je l'ai trouvé bizarre. Il veut te voir le plus tôt possible, peu importe l'heure.

— On dirait que c'est urgent.

— En effet. Tu pourrais y aller tout de suite. J'ai du travail à terminer sur l'ordinateur avant de passer au bureau. À ton retour, je te conduirai à l'école.

— D'accord.

3

La mallette noire

La maison des Tremblay occupe deux étages, possède un sous-sol et un grand jardin à l'arrière, un luxe inabordable sur leur ancienne planète. La compagnie minière qui a embauché les Tremblay l'a fait construire selon des spécifications proprement terriennes: façade en brique rouge, toit pointu avec cheminée et grandes fenêtres panoramiques. Chaque fois qu'il sort de chez lui, Jean la regarde, incrédule. À Montréal, la famille était entassée dans un minuscule trois et demi aux murs minces comme des feuilles de papier. Et puis, il y a toute cette verdure. Une forêt de feuillus ceinture la maison pour créer un décor vivant où s'exprime le rythme coloré des saisons. La Terre, elle, ne connaît qu'une seule couleur: le gris, gris du ciel prisonnier du smog ou gris de la poussière industrielle qui se dépose en une fine pellicule huileuse sur la moindre surface.

D'un pas alerte, Jean s'engage sous la frondaison et emprunte un petit sentier qui se faufile entre les arbres. Pour atteindre la demeure du savant, il faut marcher un bon quart d'heure; Jean se hâte, curieux de savoir ce qui motive l'urgence d'une visite. Sa dernière rencontre avec Xède lui revient à la mémoire.

C'était un après-midi, tous les deux installés bien confortablement dans le salon du savant. Soucieux, le reptile parlait de manière décousue et saccadée, lançant des phrases que Jean avait toutes les peines du monde à suivre.

— Hier, disait Xède, j'ai franchi une première étape: percer l'espace-temps, créer un trou et m'y glisser, contrôler suffisamment les paramètres de l'expérience pour atteindre un lieu choisi par moi. Pourtant, je suis loin d'être satisfait. Regarde les arbres noirs: pour se téléporter, ils n'ont recours à aucun artifice ni appareil compliqué. Comme quoi, de façon dérisoire, la Science se contente d'imiter en moins efficace les prodigieux mécanismes de la Nature. Je dois passer à une deuxième étape, aller plus loin.

— Plus loin? avait répété Jean faiblement.

Couché sur le ventre, Xède occupait son fauteuil préféré, une masse de granit taillée en un bloc rectangulaire. Brusquement, il se leva, comme poussé par une onde partie du bout de sa queue pour se terminer à la crête de sa tête osseuse. C'était la première fois que Jean était témoin d'autant de vigueur physique chez le savant. Ses yeux de forme conique bougeaient en tout sens, incapables de se fixer sur un point précis. Jean commençait à s'inquiéter lorsque le lézard déclara de manière dramatique:

— Le Temps!

Il y eut un long silence et Xède retourna s'étendre sur son bloc.

— Le Temps? insista Jean.

Pas de réponse. Le lézard aborda un autre sujet et il ne fut plus question «de la deuxième étape» de ses expériences.

Une masse hétéroclite de rochers pointus et arrondis se profile à travers les feuillages: la maison de Xède. Au sommet, le savant a aménagé une petite terrasse décorée de plantes vertes. Un coup d'œil suffit au garçon pour y constater l'absence de son ami. Il en conclut que le reptile se cache à l'intérieur.

Devant une grande porte faite d'une matière lisse et minérale, Jean attend; il n'a pas sonné: une caméra extérieure reliée à un ordinateur se charge de signaler au propriétaire des lieux l'arrivée de visiteurs. Les minutes s'étirent; Jean patiente: il est familier avec la lenteur des réflexes de son ami. Le son bref du verrou qui se débloque avertit le garçon qu'il peut entrer.

Le garçon marche jusqu'au salon qui se révèle désert. Un lourd silence règne dans le domicile et une odeur y flotte, mélange de poussière et d'humidité. Jean a l'impression de fouler un espace abandonné depuis longtemps. Le doute s'infiltre dans son esprit: tout ceci est très étrange. Pourtant l'ordinateur domestique lui a ouvert, donc Xède est ici... quelque part. Jean se dirige vers la prochaine pièce.

«La chambre de cogitation», comme l'a baptisée le savant, est un sanctuaire de la pensée à l'image du reptile: un capharnaüm où s'empilent, dans un désordre absolu, des trouvailles, le fruit de ses éclairs de génie et tous les autres sous-produits de son travail scientifique. Le décor habituel est constitué d'une table de travail entourée d'un océan de livres, de papiers et de notes griffonnées, éparpillés à même le sol. Sur les murs, des écrans, toujours allumés, affichent des équations mathématiques complexes.

Jean découvre le lézard assis derrière son bureau, la tête inclinée vers l'arrière, la mâchoire béante comme pour une ultime goulée d'air. Mort ou évanoui? Jean connaît un court instant de terreur. Il s'approche et perçoit avec soulagement une faible respiration. Le garçon examine son ami. Xède a changé: sa peau orange a perdu sa belle luisance, certaines écailles sont noires ou brunes et la crête sur son crâne pend comme une vieille plante fanée.

— Xède? Tu m'entends? Xède?

Le Terrien secoue doucement l'épaule de son ami.

— Da tachta... da tachta... bredouille le reptile qui revient lentement à la conscience.

Dans son énervement, Jean a oublié de visualiser les «clés» mentales qui lui permettent de comprendre la langue du reptile. En bon immigrant, Jean a subi un apprentissage linguistique par hypnose. Grâce à ce traitement, le jeune Terrien peut parler et comprendre sans effort jusqu'à vingt-quatre idiomes différents en usage sur la planète. Par contre, les connaissances emmagasinées dans son esprit sont solidement verrouillées. Pour en obtenir l'accès, Jean doit voir dans sa tête la bonne «clé»: triangle, carré ou autres formes géométriques faciles à mémoriser.

Jean ferme un bref instant les yeux, visualise un carré avec une moitié noire et une moitié blanche. Aussitôt, les mots qu'il perçoit prennent un sens: «La guerre... la guerre...»

— Quelle guerre? De quoi parles-tu, Xède? questionne le garçon.

— Jean! Comme je suis heureux de te revoir! Je m'excuse. L'ordi m'a averti de ta présence. Je lui ai dit de t'ouvrir et, après, tout est devenu noir.

— Ne t'excuse pas. Veux-tu que j'appelle un médecin?

— Non, non. Il me reste peu de temps et j'ai des choses très importantes à te dire. D'abord, je dois te remettre ceci.

Le reptile passe un bras sous le bureau d'où il retire une mallette noire qu'il dépose devant le jeune Terrien.

— Maintenant, tu dois me promettre de ne jamais te séparer de cette mallette, sous aucun prétexte. Elle doit toujours être à portée de la main ou suffisamment près pour que tu entendes le signal sonore qu'elle émet périodiquement. Tu comprends?

— Je ne suis pas sûr. J'aurais besoin d'un peu plus d'explications.

— Dans la mallette, j'ai placé un message: tout y est expliqué. Il y a aussi mon testament. Je te laisse ma maison ainsi que mes maigres économies. Fais-en bon usage.

— Mais...

— À présent, je te demanderais de partir. Je dois rester seul. J'ai encore quelques détails à régler.

— Mais...

— Va-t'en, s'il te plaît.

Jean baisse la tête, comprenant que toute discussion est inutile. Il prend la mallette, jette un dernier regard au savant et s'éloigne.

* * *

À toute vitesse, Jean court jusque chez lui. Il entre, essoufflé, grimpe au deuxième étage et pénètre en trombe dans le bureau de sa mère. Il la découvre installée devant son ordinateur.

— Xède va mal! Je pense qu'il va mourir!

Catherine tourne vers lui un visage inquiet et demande:

— Quoi? Qu'est-ce que tu racontes?

Jean tente de reprendre son souffle et explique:

— Xède est malade.

Le garçon montre la mallette et continue:

— Il m'a donné ça. Il a dit que son testament se trouve à l'intérieur.

— Mais tu ne pouvais pas demander de l'aide de chez lui?

— Il m'a chassé. Il n'est vraiment pas dans son état normal.

Sa mère se lève, l'air décidé.

— Je prends le véhic et je file chez lui. Je contacterai l'urgence en route.

— Et moi?

Catherine s'accorde un instant de réflexion et dit à Jean:

— Va à l'école comme d'habitude. Tu seras mieux avec ton ami Calv. Ici, tu ne ferais que te ronger les sangs. Je ferai venir un véhic-taxi à la maison et, dès que j'aurai des nouvelles, je te contacterai. Il ne faut pas oublier ta petite sœur. Je ne peux pas aller chez Xède avec elle ni la laisser seule. Tu me ferais une grande faveur en l'amenant avec toi.

Jean fait la moue, mais il comprend la situation.

— D'accord. Je m'occupe d'elle. Pour les crises, ne t'inquiète pas. Depuis quelques semaines, elles sont plus espacées. La bête devrait me laisser en paix jusqu'à demain.

Catherine passe une main affectueuse dans les cheveux de son fils.

— Merci.

***

Catherine s'est envolée à bord du véhic et Jean, dans sa chambre, examine la mallette. De toute évidence, il ne s'agit pas d'une valise ordinaire mais d'une autre création du génial savant. L'objet est fabriqué dans une matière synthétique, lisse et noire, qui rappelle à Jean la coque de certains vaisseaux spatiaux. Connaissant son ami, le garçon est persuadé que la petite valise est quasi indestructible. Le Terrien remarque ensuite l'absence de serrure ou de charnières; les deux sections qui forment la mallette s'emboîtent de manière parfaitement hermétique. «Forcer la valise avec une lame ou un outil quelconque devient impossible, raisonne Jean. Un excellent moyen pour décourager les voleurs.»

La poignée attire maintenant son attention. Elle est massive, coulée dans une matière noire et plastique. Jean continue son examen. La valise est légère, trop légère; le savant a dû la munir d'un dispositif antigravité pour s'éviter la fatigue de porter un lourd objet. Le garçon s'interroge maintenant sur le contenu de la mallette. Plus profonde qu'un porte-documents, il serait très surprenant qu'elle renferme uniquement un testament. Il la secoue: aucun bruit à l'intérieur. Sur un des côtés, se trouve une plaque digitale. Jean y applique son pouce, mais rien ne se produit. Le reptile parlait d'un signal sonore; peut-être qu'un système phonique commande l'ouverture?

— Mallette, ici Jean Tremblay. Ouvre-toi!

La valise n'obéit pas. Le garçon se frappe le front.

— Stupide! J'ai parlé en français. Il faut utiliser la langue de Xède.

Après avoir visualisé la «clé mentale», Jean fait une nouvelle tentative qui se solde aussi par un échec. Il se résigne à attendre. À l'école, avec l'aide de son copain Calv, il parviendra bien à ouvrir la valise. De toute façon, il doit se préparer: le véhic-taxi devrait arriver bientôt.

4

La petite sœur

Elle s'appelle Katjanpaula et elle occupe une grande pièce du rez-de-chaussée dont la porte doit toujours demeurer close. La sœur de Jean est un lézard de sexe féminin que la famille Tremblay a adopté l'année dernière.

Les lézards de Tiäne ne se reproduisent qu'à la toute fin de leur vie. Poussés par l'instinct, ils abandonnent leur chère solitude pour former des couples dont la brève rencontre produira une couvée d'un ou plusieurs œufs. Trop vieux, les reptiles assistent rarement à la naissance de leur progéniture. Les enfants ne sont jamais abandonnés; tout de suite, ils sont pris en charge par la communauté. Cette collaboration est le ciment qui unit tous les lézards de la planète, peu importe les différences de race et de culture. C'est pourquoi les autorités n'ont fait aucun obstacle à l'adoption de Katjanpaula par une famille terrienne.

Jean était contre. Ce n'était pas par égoïsme ou par crainte de perdre sa position privilégiée de fils unique. Pour lui, cette décision avait pour unique base la culpabilité: Catherine se sentait responsable du décès de Zopie, la mère biologique du bébé.

C'est au travail que les deux se sont rencontrées. Spontanément, l'amitié est née entre l'énergique terrienne et la corpulente lézarde mauve. Zopie, par certains côtés, ressemblait à la mère de Jean: exubérante et décidée, sujette aux coups de foudre concernant les domaines les plus divers. D'emblée, elle a tout voulu savoir de la Terre, de ses gens et de leurs coutumes bizarres: «Vos sports, je ne comprends pas. Tous ces efforts pour placer des rondelles, des ballons entre deux poteaux ou dans un panier, c'est épuisant!» Jean la trouvait sympathique mais un peu folle. Sans transition, elle passait de l'excitation la plus intense à l'apathie la plus totale.

Zopie était très âgée. Catherine l'ignorait, mais le corps des reptiles exhibe peu les ravages de la vieillesse, comparé à celui des humains. Ce fait, sa mère le découvrit lorsqu'elle invita la lézarde mauve à venir déguster un repas typiquement terrien. Zopie se présenta avec un invité spécial: son œuf. À son arrivée, sans doute saisie par un pressentiment, elle baptisa l'enfant à naître Katjanpaula: Kat pour Catherine, jan pour Jean et paula pour Paul. C'est plus tard, après une copieuse assiette de poulet, que la pauvre piqua tête première dans son dessert, foudroyée par une crise cardiaque.

Pour Catherine, le vrai coupable de cette mort était tout désigné: une nourriture trop riche, des portions trop généreuses. Toute la soirée, elle avait insisté pour que son amie se serve une deuxième fois. La pauvre avait obéi, mâchant, ingurgitant avec un plaisir évident les mets que lui offrait l'hôtesse assassine! Pour réparer ce crime horrible, Catherine devait adopter Katjanpaula. Jean se risqua à la raisonner, mais la cause était perdue d'avance.

Katjanpaula brisa sa coquille et apparut un beau matin, l'air aussi éberlué que sa famille adoptive. Déception pour Catherine qui gardait encore dans sa tête des images attendries d'un poupon, rose et gazouillant, prénommé Jean. Les bébés reptiles sont silencieux comme la mort, apathiques, détestent qu'on les touche de quelque manière que ce soit, et ils mordent. En effet, dès la naissance, la Nature leur accorde une solide dentition, apte à éloigner les importuns. Une chambre a été aménagée avec du sable, des cailloux et quelques gros rochers, l'ensemble disposé de manière à fournir des cachettes naturelles à la petite. Une lampe solaire a été installée dans un coin, l'enfant devant recevoir sa ration quotidienne de chaleur et de lumière.

Katjanpaula prenait peu de place dans le décor familial; Jean l'avait même surnommée «le bébé fantôme». Au début, les journées s'écoulaient sans un souffle ni une plainte de l'enfant qui, dans la petite chambre, voyageait seule dans son royaume minéral. Un «voyage» qui intriguait au plus haut point le jeune Terrien. Quelles couleurs composaient les rêves de Kat? Est-ce que seulement l'ombre d'un visage, humain ou reptilien, les hantait? Zopie, sa vraie mère, se trouvait-elle là, quelque part, placée en filigrane dans le frêle tissu de sa jeune mémoire? Comment voyait-elle Jean et ses parents? Les aimait-elle ou les considérait-elle comme des figures étrangères de qui dépendait sa survie alimentaire? Car, encore aujourd'hui, le seul lien visible entre Kat et sa famille se résume à la nourriture. Tout aliment servi à la petite doit être manipulé et imprégné de l'odeur des Tremblay («Nous avons une odeur?» s'était étonné le jeune Terrien en reniflant son avant-bras), sinon elle refusera de le manger. Comme tous les reptiles de Tiäne, Kat possède un odorat exceptionnel qui lui permet de détecter et d'identifier le moindre parfum à des kilomètres.

Depuis quelque temps, Kat parle; cela a semé tout un émoi chez les Tremblay. L'euphorie passée, il fallut bien se rendre à l'évidence qu'il ne s'agissait pas réellement de communication. L'activité vocale de l'enfant se limite à répéter des phrases glanées ici et là, lors de ses repas ou perçues à travers la porte. Ce qui étonne, c'est sa capacité à imiter à la perfection les voix. «Bon, avait commenté Jean, au lieu du bébé-fantôme, nous avons droit maintenant au perroquet», et le garçon d'affubler Kat du sobriquet de «Coco», terme qui provoque la fureur de Catherine.

Jean est devant la porte de «Coco». Il l'ouvre doucement et entre dans la chambre de sa sœur. Du regard, il cherche la petite, mais il ne la voit pas; elle est cachée comme d'habitude.

— Jean! Ta chambre a l'air d'un vrai dépotoir!

C'est la voix de Catherine.

— Quelle heure est-il? Ça y est: je suis en retard.

Maintenant, le garçon reconnaît Paul, son père.

— J'ai faim et le garde-manger est vide!

Cette fois, c'est lui-même qu'il identifie. Les sons proviennent de derrière une grosse pierre collée contre un des murs de la pièce. Jean avance vers l'endroit et découvre Kat qui sommeille à l'abri du morceau de roc. «Tiens, tiens, elle parle dans son sommeil, pense le garçon. Intéressant.» Il saisit la petite boule endormie et la glisse doucement dans son «kadi», un gros sac à bandoulières fabriqué dans un tissu rude et qui sert à déplacer les bébés reptiles; des trous dans l'étoffe permettent à l'air de circuler. Une fois logé à l'intérieur, instinctivement, l'enfant ne bouge plus; Jean installe le kadi sur sa poitrine comme il a vu Catherine le faire de nombreuses fois. Le bureau où travaille sa mère possède une garderie, une grande salle au décor rocailleux où chaque enfant possède sa niche personnelle. Inutile de dire que l'interaction entre les marmots est équivalente à zéro; chacun se faufile à l'intérieur de son «trou» et n'en sort plus. Avant de quitter la garderie, Catherine doit laisser un objet personnel dont l'odeur permettra à Kat de supporter son absence.

— Jean, le véhic-taxi que ta mère a appelé vient d'atterrir.

C'est Simon, l'ordinateur familial, qui vient de parler. L'appareil est responsable des fonctions domestiques; il règle la température, obéit à certains commandements et transmet dans chaque pièce les messages importants grâce à un système d'interphone.

— Très bien, Simon. Je suis prêt. N'oublie pas de verrouiller les portes derrière moi.

— Oui, Jean.

5

Le lézard au bras d'acier

Le véhic-taxi s'est posé sur la pelouse devant la maison. C'est un petit transporteur à la carlingue rouge qui peut loger jusqu'à six personnes. Jean aime sa forme allongée et ses courbes aérodynamiques qui lui donnent des airs de vrai bolide. Le Terrien adorerait piloter l'appareil et le pousser au maximum de sa vitesse; malheureusement pour lui, le véhic ne possède pas de commande manuelle, l'ordinateur de bord se chargeant de toutes les manœuvres de vol. L'habitacle est confortable sauf pour un détail: les fauteuils sont durs et recouverts d'un tissu rugueux, probablement le comble du confort pour un corps de lézard.

Un siège spécial est prévu pour les enfants en bas âge. C'est là que Jean installe la petite après l'avoir extirpée du kadi. Kat dort toujours, une vraie marmotte. Le bébé solidement sanglé, Jean s'assoit, boucle sa ceinture de sécurité et donne l'ordre du départ: «Tout est prêt. Nous pouvons partir.» Le véhic s'élève lentement puis, avec un brusque sursaut, s'élance vers le ciel.

Comme une flèche, l'appareil file au-dessus d'une forêt dense que Jean contemple distraitement. Il souhaiterait être déjà à l'école avec Calv. Nul doute qu'ensemble, ils réussiront à ouvrir la mallette noire. Une sonnerie électronique retentit. Jean déclenche un petit moniteur installé sur le tableau de bord et le visage de Catherine apparaît sur l'écran. Son air triste et solennel n'augure rien de bon.

— Jean, j'ai une très mauvaise nouvelle, dit-elle d'une voix tremblante.

— Xède est mort?

— Oui. L'ambulance est venue rapidement. Elle est arrivée en même temps que moi. Mais c'était trop tard. Je suis désolée.

Le garçon se tait, incapable d'assimiler l'information. Xède mort? Puis il réagit à la dernière phrase de sa mère:

— J'espère que tu ne vas pas encore te sentir responsable.

— Non, non. Bien que... si j'étais arrivée plus vite, qui sait?

— Oublie ça! rétorque le garçon. Tu n'y pouvais rien. Chez lui, j'aurais dû ne pas l'écouter et appeler l'urgence. Tu vois, si on commence à chercher des coupables, c'est très facile d'en découvrir.

— Tu as raison.

Pour changer de sujet, Jean demande:

— De quoi est-il mort?

Catherine hésite:

— C'est très étrange. Selon le médecin, il serait mort de vieillesse. Ce qui est tout à fait impossible: les lézards peuvent vivre de cinq à six cents ans et Xède avait deux cent quarante-trois ans. Le médecin ne possède aucune explication. Il a parlé de certaines maladies capables de provoquer un vieillissement prématuré, mais il a fait des tests et ce n'est pas le cas de Xède.

Jean jette un coup d'œil sur la mallette: «Tout y sera expliqué», avait dit le lézard. Catherine continue:

— L'équipe d'urgence va partir avec le corps. Ils m'ont demandé de les suivre à l'hôpital. Tu connais les lézards: avec eux, il y a toujours un million de formalités. J'imagine qu'il y aura enquête et ils ont besoin du plus d'informations possibles. Dès que j'ai fini, j'irai chercher Kat à l'école. Elle va bien?

Jean se tourne et pose un regard sur le bébé endormi.

— Elle roupille. Ne t'inquiète pas.

— Et toi?

Jean esquisse un faible sourire.

— En pleine forme... pour l'instant.

— Bon, je te laisse.

— À bientôt.

L'écran redevient opaque. Au même moment, le véhic amorce sa descente pour se poser près de l'école.

* * *

Jean défait sa ceinture de sécurité puis s'occupe de Katjanpaula. Avec précaution, il dépose la petite boule endormie dans le kadi et enfile le sac contre sa poitrine. Il prend la mallette noire et sort de l'habitacle.

Le véhic-taxi s'envole et le Terrien marche vers un bâtiment qui rappelle plus un vieil entrepôt qu'un respectable établissement scolaire. À l'intérieur, comme d'habitude, c'est le chaos total. On parle, on crie. Un objet s'écrase bruyamment sur le sol. Une forme allongée passe en volant au-dessus de la tête de Jean. Des coups de marteau retentissent. Un moteur pétarade, vrombit, pour ensuite s'arrêter en gémissant.

Les lézards voient l'éducation d'une manière radicalement différente des humains: pas de professeur, pas de classe, pas de programme. Au premier abord, liberté totale. Les étudiants, en groupe ou seuls, ont pour unique objectif de produire une idée, une invention ou un objet d'art et de le présenter à la fin de la session au groupe. C'est là que les problèmes commencent. La compétition est féroce parmi les étudiants. La présentation peut prendre rapidement des allures de torture publique quand les reptiles exhibent un de leurs traits dominants: l'esprit critique. Il n'y a rien qu'un lézard de Tiäne aime plus que démolir un raisonnement, pulvériser une idée ou réduire en bouillie le projet d'un confrère ou d'une consœur à coup d'arguments massue.

Malgré ce côté cérébral, les Tiäniens sont capables de fantaisie. Ils ne portent pas de vêtements. Ils n'en ont pas besoin, vu leur peau écailleuse et le climat tempéré qui règne la plupart du temps dans les zones habitées. Mais ils ont un faible pour certains accessoires, comme la cravate, le chapeau, les colliers et... les perruques.

Les lézards sont littéralement fascinés par le système pileux humain. L'arrivée de Jean a déclenché chez les étudiants un engouement pour les postiches de tout genre. Seul Calv a résisté à cette nouvelle mode. Avec son bouillant tempérament, il s'est écrié:

— Non, mais regarde ces idiots! Ils ont l'air complètement ridicule! Tout ce poil hideux sur le crâne, cela sert à quoi? Je vais te le dire: à dissimuler le vide qui règne dans leur boîte crânienne.

Jean a pris un air blessé, si bien que Calv a cru bon de tempérer ses propos.

— Toi, c'est différent. Tu n'as pas le choix, c'est naturel. Eux, ils prennent la première vadrouille ou le premier plumeau à leur disposition et ils se le collent sur la tête.

Calv est comme ça, un vrai lézard à peau verte. Colérique, hyperactif, une exception parmi les reptiles amorphes de Tiäne. C'est sans doute pourquoi Jean s'entend si bien avec lui. L'année dernière, l'arrivée de l'arbre noir a cimenté leur relation. Téléportés par le végétal sur la planète Bridaine, ils ont affronté ensemble de nombreux dangers dans le village souterrain de Fime. Leur aventure a permis à Jean de ramener deux trophées: un chapeau avec une immense plume et une canne magnifiquement sculptée. Les objets ont appartenu à Bolte, le chef du village. Calv, lui, a été moins chanceux: il a dû sacrifier un bras. Heureusement, les lézards possèdent un étonnant pouvoir de régénération: le membre repoussera, mais il faudra plusieurs années. En attendant, le reptile porte une prothèse mécanique. Calv a tout de suite compris tous les avantages de posséder un bras bionique. Il a même réussi à convaincre des étudiants de l'école de lui fournir des prototypes expérimentaux qu'il s'amuse à bousiller les uns après les autres.

Jean arrive à l'atelier de Calv et l'aperçoit, outil à la main, qui s'affaire auprès d'une énorme plante verte. La botanique est sa grande spécialité.

Jean et Calv sont de taille identique. Mais, côté poids, le lézard l'emporte haut la main. Large et massif, le lézard vert se déplace sur des jambes trapues.

Avec son copain, inutile de visualiser des symboles pour parler sa langue. Calv a appris tout seul à parler le français et il adore étaler ses connaissances. Dès qu'il aperçoit Jean et Katjanpaula, le reptile lance, enjoué:

— Bonjour, cher ami! Je constate que tu as décidé d'amener de la compagnie.

— Oui, répond le Terrien. C'est un service que je rends à Catherine, vu les circonstances.

Le reptile fixe son ami d'un air interrogatif.

— Les circonstances? Quelles circonstances?

— Xède est mort.

— Tu es sérieux?

Jean confirme d'un signe de la tête.

Calv dépose son outil de jardinage sur une table et enlève son gant de travail. Une intense réflexion s'amorce dans son esprit comme pour saisir toute l'ampleur de la nouvelle. Avec gravité, il finit par déclarer:

— Tiäne vient de perdre un de ses plus brillants cerveaux scientifiques. Un cerveau parfois très étrange, mais c'était parce qu'il planait plus haut que nous tous. Je t'offre mes condoléances.

— Merci. Mais tu sais, ce n'est pas son génie scientifique qui m'a le plus touché. C'est sa gentillesse. D'accord, il était parfois très bizarre. Mais si on avait un problème, si on avait besoin d'aide, jamais il ne nous laissait tomber. Souviens-toi, un jour, nous lui avons demandé de mettre au point un virus informatique pour infecter l'ordinateur de l'école.

— Oui, on s'est bien amusés.

— Il n'a posé aucune question. Je suis sûr que s'il se doutait très bien que nos intentions n'étaient pas très catholiques. Mais il est entré dans le jeu et, pour ça, je l'ai trouvé formidable. En passant, je me demandais: est-ce qu'il y aura une cérémonie?

— Une cérémonie? Pourquoi faire?

— Pour rendre un dernier hommage.

— Ah oui, vos vieilles superstitions terriennes. Vous avez peur des morts et vous craignez qu'ils reviennent vous hanter. Alors vous leur planter un pieu dans le cœur et vous les enterrez très profondément dans la terre. De cette manière, ils ne peuvent pas sortir de leur tombe et venir vous dévorer.

— Tu confonds tout! Le pieu, c'est pour les vampires et ils boivent du sang. Ceux qui bouffent les vivants, on les appelle des mort-vivants. Non, les morts sont enterrés dans des cimetières. Un cimetière, c'est une terre sacrée, un lieu de repos.

— Un lieu de repos? Pour un cadavre? Drôle de concept.

— Ce sont des rites. Une manière d'accepter la mort et de dire que le défunt restera toujours vivant dans notre mémoire.

— Sur Tiäne, les cimetières n'existent pas. Xède sera incinéré et ses cendres dispersées.

Les lézards n'aiment pas le passé. Toutes les formes de reliques ou de vestiges entachés de souvenirs les insultent. Nos esprits reptiliens sont résolument tournés vers le futur. Tu remarqueras que nos livres d'Histoire sont minces et se contentent de mentionner quelques dates et noms importants. Mais si tu veux organiser une petite cérémonie, je te promets d'y participer. Dis-moi, de quoi est-il mort? Une de ses inventions l'a désintégré avec une partie de la région?

— Non. Le médecin affirme qu'il serait mort de vieillesse.

— Impossible!

— Je sais. Tu vois cette mallette? Xède me l'a confiée avant de mourir; je suis sûr qu'elle contient la réponse à cette énigme.

— Qu'est-ce que tu attends pour l'ouvrir?

— J'ai essayé, mais la plaque digitale ne fonctionne pas. Xède a parlé d'un signal sonore.

— Laisse-moi regarder.

Calv arrache vivement la mallette de la main de Jean. Il l'examine sous toutes les coutures, la renifle longuement, émet quelques grognements puis se racle la gorge avant de conclure:

— Bon, nous allons avoir besoin de spécialistes. Tu m'attends, ce ne sera pas long.

— D'accord.

Calv, la mallette à la main, sort de l'atelier. Jean en profite pour regarder à l'intérieur du kadi: Kat est réveillée et claque ses mâchoires. Jean consulte sa montre-bracelet: il faudra songer à la nourrir bientôt et il n'a rien apporté avec lui. Dans ses tiroirs, Calv devrait bien avoir en réserve quelques insectes à grignoter.

Après un moment, son ami revient avec la valise.

— J'ai causé avec Kibe et Darne. Leur projet scolaire porte sur les systèmes de sécurité et serrures en tout genre. Ils sont prêts à examiner la mallette, mais plus tard. Ils ont déjà une expérience en cours.

— Qu'allons-nous faire en attendant?

— C'est l'heure de ton traitement choc. Avant de procéder, il faut que je te parle. Si tu veux, nous pouvons nous asseoir.

Jean est décontenancé. Ce n'est pas dans les habitudes du reptile de prendre des gants blancs pour lui parler.

— D'accord. J'y pense: tu as des insectes? Kat a faim.

— Oui. Donne-moi une seconde.

Pendant que Calv fouille dans une petite étagère métallique, Jean s'installe sur un tabouret.

— Et voilà!

Le reptile tend au garçon un gros pot en verre grouillant de sauterelles vivantes. Jean en choisit une bien dodue et la donne à Kat qui l'attrape goulûment.

— De quoi s'agit-il ? demande le Terrien.

Calv prend un siège, se gratte un instant le crâne et commence:

— Voilà, hier, j'ai discuté avec Lett. Il travaille dans le groupe de microbiologie.

— Oui. Je le connais. C'est un lézard bleu.

— C'est ça. Je lui disais trouver bizarre qu'un végétal puisse transmettre un virus. À la limite, j'imaginais qu'un insecte logé à l'intérieur de l'arbre noir t'avait piqué. Il m'a répondu que la question l'avait aussi intrigué. Selon lui, l'ADN de l'arbre noir possède certaines anomalies. Il pense que nous ne sommes pas en présence d'un pur végétal. Il pense que...

Calv hésite.

— Il pense quoi? demande Jean, las des précautions verbales du lézard.

— Il pense que les arbres noirs ont déjà été des humains, des mammifères de ton espèce, et que c'est le virus qui les a transformés en ce qu'ils sont aujourd'hui. Ce qui voudrait dire...

— Que je ne suis pas vraiment malade mais en train de subir une métamorphose? Un jour, je vais me réveiller avec des racines au bout des pieds? C'est ça? J'ai bien compris? lance Jean en colère.

— Attends, calme-toi. Lett a ajouté que les virus mutent. D'après lui, le micro-organisme qui s'attaque à toi ne serait qu'une version affaiblie de l'original. Un autre facteur joue aussi en ta faveur.

— Lequel? maugrée le garçon.

— Les arbres noirs sont intelligents. Je n'ai pas été infecté, toi si. Je me demande s'ils ne t'ont pas choisi. Et, en ce sens, je crois qu'ils n'auraient pas voulu te faire de tort. Tu m'as dit qu'ils te semblaient des êtres sensibles.

— Oui, c'est vrai. Alors qu'est-ce que tu proposes?

— Les arbres noirs se nourrissent de toutes les formes d'énergie: lumière, électricité, certaines radiations. Tu as remarqué que depuis que je te donne quelques volts par jour, tes crises sont moins fréquentes, moins fortes aussi. Continuons le traitement. La clé est peut-être là. Si tu veux, aujourd'hui, je peux augmenter la puissance du courant.

Jean hausse les épaules.

— Fais ce que tu veux, Calv. Pour ce que j'ai à perdre.

— Ne te décourage pas. Il n'y a aucun problème qu'un cerveau bien organisé ne peut régler. Nous vaincrons la bête, fais-moi confiance.

— Si tu le dis, soupire Jean. À propos, tu as un endroit pour Kat?

— Un endroit? Sans doute.

Le lézard lance un regard circulaire qui s'arrête sur un gros crochet fixé à une cloison de l'atelier.

— Tiens, dit-il en le pointant du doigt au Terrien. Tu peux y accrocher le kadi.

— Merci.

Jean vérifie la solidité du crochet et y installe le sac par la bandoulière. Cela devrait aller: la séance dure quelques minutes à peine et Kat ne s'agitera pas tant qu'elle percevra l'odeur du Terrien. Il ne reste plus à Jean qu'à aller poser ses fesses sur la «chaise électrique». Elle est en bois avec des points de contacts métalliques au niveau de la tête, des mains et des pieds. Jean retire ses souliers, ses bas et il s'assoit, le plus détendu possible. Calv se place derrière une petite console où il manipule quelques cadrans et manettes.

— Tu es prêt, Jean?

— Tu peux y aller.

Le lézard appuie sur un bouton et le courant commence à circuler. Comme d'habitude, Jean ne ressent rien de particulier.

— Ça, c'est la dose normale, commente Calv. J'augmente la puissance.

— Tu arrêtes quand tu sens une odeur de viande brûlée, d'accord? fait Jean qui a retrouvé son sens de l'humour.

Cette fois, un léger picotement parcourt le corps du Terrien.

— Ça va? questionne le reptile.

— Tout va bien, je crois.

— J'augmente encore.

Une vague de chaleur traverse Jean, rien de désagréable.

— C'est terminé! avertit Calv. Attends-moi, je sors chercher de quoi te faire une prise de sang. Je viens d'avoir une idée et j'aimerais vérifier certaines choses.

Le lézard quitte l'atelier; Jean remet ses bas, ses souliers et se lève, chancelant. Il reprend son équilibre et se dirige vers la cloison où le kadi est accroché. Le garçon remet le sac sur sa poitrine. Un vertige s'empare de Jean dont la peau picote toujours. La sensation se calme, remplacée par un bien-être étrange, comme si son corps, repu, avait enfin reçu sa nourriture.

Sur la grande table où travaille habituellement son ami, quelque chose attire l'attention du Terrien. Il soulève un gros bouquin et découvre, mal dissimulée, une fausse barbe!

— Cher Calv, dit Jean en ricanant. Toi aussi, tu suis la mode. Les cheveux ne t'intéressent pas mais la barbe, c'est autre chose.

Jean prend le collier de poils et le pose sur son visage. Un miroir sur une cloison lui permet d'évaluer l'effet. L'image de Bolte lui vient à l'esprit.

— Je me demande ce que fabrique le barbu dans son village souterrain?

La phrase à peine prononcée, un noir total s'abat sur Jean, noie sa vision et l'entraîne à une vitesse vertigineuse dans un gouffre sans fond.

6

Retour au village de Fime

Une nuit épaisse enveloppe le Terrien. La surprise passée, sa première pensée va à Kat. Le kadi est toujours sur sa poitrine; Jean le maintient avec ses bras contre lui. Le temps s'étire et rien ne semble mettre un frein à leur chute. Tout à coup, le garçon perçoit une étrange sensation localisée dans ses pieds. Comme si une myriade de racines poussaient et cherchaient une prise solide dans le vide. Jean a l'impression de ralentir. Il ressent un léger impact et la lumière revient.

Bolte et Jean. Nez à nez, l'air aussi ahuri l'un que l'autre. De toute évidence, la rencontre n'était pas planifiée. Le chef du village n'a pas changé: bouffi, barbu et affublé d'une ample robe bleue. Le face-à-face ne dure pas longtemps: Bolte émet un cri de terreur, tourne le dos et s'enfuit en courant. Jean le regarde s'éloigner, étonné qu'un homme si corpulent puisse se déplacer avec tant de rapidité.

Le Terrien regarde autour de lui. Il se trouve au centre d'un long corridor aux murs blancs, dépourvus de fenêtres et où sont alignées plusieurs portes closes. «Le village de Fime! s'étonne le garçon. J'ai été téléporté dans le village de Fime!» Alors Calv ne s'est pas trompé: son corps se transforme vraiment en arbre noir. Il n'a pas encore pris l'apparence du végétal, mais le pouvoir de téléportation fonctionne déjà. La dose massive d'électricité reçue ce matin a fourni l'énergie nécessaire pour le voyage. Mais pourquoi ici? Avant le départ, il pensait justement à Bolte. Cela a peut-être été l'élément déclencheur? S'il concentre son esprit sur l'école, peut-être reviendra-t-il à son point de départ? Le garçon ferme les paupières et imagine l'atelier de Calv. L'image bien ancrée dans la tête, il attend la sensation de chute. Le temps passe et rien ne se produit. Il ouvre les yeux et comprend qu'il est bel et bien bloqué ici.

Plutôt que de se laisser aller au désespoir, Jean décide de réfléchir. Comme dit Calv: «Il n'y a aucun problème qu'un cerveau bien organisé ne peut régler.» Le déplacement a dû vider ses réserves d'énergie. Pour revenir sur Tiäne, son corps a besoin d'une dose massive d'électricité. Le village possède une centrale énergétique pour l'éclairage et le chauffage des lieux. C'est là qu'il doit se rendre.

Un coup d'œil à l'intérieur du kadi rassure Jean sur le sort de Kat: elle est réveillée et ses yeux, grand ouverts, n'expriment aucune tension particulière. Le garçon s'en veut d'avoir entraîné sa petite sœur dans une telle aventure. Ce n'est pas de sa faute: quand un arbre noir se téléporte, il crée un champ d'environ un mètre autour de lui; tout ce qui occupe l'intérieur de cet espace l'accompagnera dans le transfert de lieu. Pour son bien et celui de la petite, il doit revenir le plus rapidement possible sur Tiäne. Le village de Fime n'est pas un endroit sécuritaire: ses habitants sont en guerre avec les autres villages de la planète. Jean enlève la fausse barbe de Calv, la glisse dans une de ses poches et se met en route.

«Quel peuple bizarre», songe le Terrien. Fime a été construit profondément sous terre et un réseau d'ascenseurs constitue le seul lien avec le monde extérieur. C'est que les Fimiens possèdent une mentalité bien particulière. Elle est basée sur la peur. Peur de la lumière, peur d'un regard étranger. Les villageois ne se sentent en sécurité que cachés, enfouis sous des tonnes de roc, recroquevillés au sein de leur communauté. Ils détestent la lumière au point d'adorer une divinité qu'ils appellent «Le Noir». Physiquement, les Fimiens sont humanoïdes, avec une peau blanche et cireuse dépourvue de système pileux. Ils sont évolués techniquement, pas autant que les Terriens, mais ils connaissent l'électricité et ils manient des machines assez complexes. Ce sont avant tout des utilisateurs: comprendre le fonctionnement des choses ne les intéresse pas. La religion du «Noir» occupe le centre de leur vie et Bolte en est le grand prêtre. Cet homme est une énigme pour Jean. Son physique, très différent de celui des autres villageois, le désigne en tant qu'étranger. Malgré tout, il s'est hissé à un poste important; ceci démontre une personnalité exceptionnelle. L'individu a beau se vêtir d'habits ridicules, le garçon ne l'a jamais sous-estimé.

Jean progresse dans le corridor depuis un bout de temps et il n'a pas rencontré âme qui vive. Pourtant, d'après ses souvenirs, il marche dans la section habitée du village; une centaine de villageois partagent cet espace. Bien que cela ne veuille rien dire. Lors de son premier voyage, il avait été frappé par la discrétion des habitants, par leur habileté à «faire le mort». Ce calme léthargique était rompu lors des repas communautaires, seul moment d'excitation palpable parmi la population.

Le corridor se divise maintenant en deux branches. Indécis, Jean finit par opter pour la gauche. Au début, tout paraît normal mais, plus il avance, plus il remarque d'importants dégâts matériels. Jean est perplexe. La guerre qui oppose les villages est un conflit «propre»: quelques attaques isolées et à distance, avec des conséquences limitées. Ici, des pans de murs sont écroulés, dévoilant l'intérieur dévasté des logements. Il y a eu des blessés, peut-être des morts, des taches de sang sur le sol le confirment. Jean aperçoit ce qui fut autrefois un ascenseur et qui n'est plus maintenant qu'un trou béant plongeant dans le vide.

Le Terrien s'interroge: une faction plus hostile a-t-elle décidé de passer aux actes? Le village est-il le théâtre d'une guerre civile? Le garçon continue sa route, profondément inquiet. L'éclairage faiblit quelques instants et revient. Jean s'arrête. Un gémissement se fait entendre tout près. La plainte provenait de l'intérieur d'un logement à la porte défoncée. Le garçon se risque à aller voir; quelqu'un a peut-être besoin de son aide. Il entre et, dans la pénombre, découvre une forme humaine allongée à plat ventre sur le sol. La plainte se fait entendre à nouveau. Le Terrien s'approche pour secourir l'individu. Il saisit le corps et, avec effort, le retourne afin de voir son visage.

Une tête plastifiée apparaît, le simulacre mal ébauché d'une expression humaine. Jean comprend qu'il a affaire à un vulgaire mannequin. Collée sur le front du pantin, une rondelle électronique émet le son qui l'a attiré. En colère, le garçon se relève et cherche à s'éloigner, mais un champ de force le retient prisonnier. Il a été piégé!

7

Bolte

Jean perçoit le bruit de pas qui s'approchent. Il n'a pas fallu beaucoup de temps pour que les auteurs de cette odieuse duperie se présentent. Un signal a dû les avertir qu'un poisson avait mordu à la ligne. Ils sont deux et armés de fusils à rayons, des humains revêtus d'uniforme gris foncé et de casque de combat de la même couleur. Leur peau est basanée et leur visage émacié; de petits yeux inquiétants sont enfoncés dans des orbites profondes. Leur carrure et leur taille ne sont pas très imposantes pour des militaires; même avec de grosses bottes aux pieds, ils arrivent à peine à l'épaule de Jean. Les deux soldats examinent le prisonnier avec des sourires goguenards. Tous deux parlent une langue aux accents gutturaux:

— Traga ja guata ri! (L'amiral sera content!)

— Bi. Ko té trixe gri takar pu. (Oui. Un beau spécimen pour la sonde mentale.)

À sa grande surprise, Jean comprend leur dialecte et il croit pouvoir le parler sans difficulté. Il n'a visualisé aucun symbole et les mots entendus ne correspondent à aucun des idiomes utilisés sur Tiäne. Qui a implanté ces connaissances dans son crâne? Tout ceci est très étrange.

Un des soldats décroche un petit appareil de sa ceinture et le pointe en direction du garçon. Après quelques secondes, il déclare dans sa langue:

— C'est bien. La sonde indique qu'il n'est pas armé. Tu peux couper le champ de force.

L'autre fantassin dirige une télécommande vers le plafond, à un endroit situé juste au-dessus de Jean; le système qui le retient prisonnier doit y être dissimulé. Le Terrien est maintenant libre et les soldats, du bout de leur fusil, lui indiquent la sortie. Alors que le trio marche dans le corridor, Jean se demande s'il doit leur parler et plaider sa cause. Après réflexion, il préfère attendre et glaner le plus d'informations possibles avant d'agir.

À présent, ils circulent dans une section du village épargnée par l'attaque ennemie. Une pression sur l'épaule de Jean lui signifie de s'arrêter. Un militaire applique une carte magnétique sur une porte qui s'ouvre aussitôt. Il fait signe au garçon de pénétrer à l'intérieur. Jean obéit. Au centre de la pièce aux murs blancs, il découvre Bolte à genoux, les mains jointes, en prière. La porte se referme derrière lui.

En l'apercevant, le chef du village s'écrie en français:

— Ils t'ont eu toi aussi?

Les Fimiens connaissent l'apprentissage linguistique, une invention qu'ils ont dérobée comme beaucoup d'autres.

— Oui, répond Jean. Qui sont-ils?

Bolte se relève et, avec la main, enlève la poussière sur sa robe.

— Tu vas l'apprendre assez tôt. Des tueurs sanguinaires. Ils ont massacré la moitié des habitants de Fime: hommes, femmes, enfants, vieillards. Aucune pitié. Je crache sur eux et je les maudis jusqu'à la dixième génération.

Jean frisonne de peur, pas pour lui, mais pour Katjanpaula. Il regarde à l'intérieur du kadi: la petite se porte bien, indifférente aux événements extérieurs. L'espace étroit où elle niche correspond pour elle à l'ultime refuge. Si elle savait!

— Ils viennent de l'espace, continue Bolte. Un jour, une nuée de vaisseaux a rempli le ciel de Bridaine. Ils semblaient chercher quelque chose. Je ne crois pas qu'ils se doutaient de notre présence sous terre: nous sommes des spécialistes dans l'art de nous cacher. Mais ils s'incrustaient, et l'inquiétude des miens grandissait. J'ai contacté les chefs des autres villages et, ensemble, nous avons décidé d'envoyer des émissaires pour établir un premier contact. Les envahisseurs les ont emmenés à bord de leur vaisseau amiral, qui orbite autour de la planète. Nos émissaires sont revenus dans un état épouvantable. Ces bandits les avaient torturés et soumis à des sondes mentales; ils savaient maintenant l'emplacement de tous les villages. Ils ont attaqué avec leurs troupes de choc. Certains d'entre nous ont réussi à fuir et à se cacher dans des grottes souterraines; la planète en est truffée.

Bolte serre les dents, en proie à la colère. Il secoue la tête, puis reprend:

— Nous avons fini par savoir ce que veulent les envahisseurs: ils traquent les lokas. Ceux que tu appelles les arbres noirs.

— Les arbres noirs? Que leur est-il arrivé?

— Tout de suite après votre départ, ils ont disparu. Tous. Tu imagines notre état de choc: les arbres étaient notre unique moyen de survie. Nous nous glissions à l'intérieur de leur estomac gigantesque et nous allions d'une planète à l'autre: c'était si facile. Nous volions tout ce dont nous avions besoin: nourriture, meubles, vêtements...

— Et même des gens! lance Jean sur un ton incisif.

— Et même des gens. Je vois que tu nous gardes encore rancune pour l'enlèvement de ta mère. Comment s'appelle-t-elle, déjà?

— Catherine.

— Catherine. Une femme charmante. Bon, je reprends: après la disparition des arbres noirs, il a fallu apprendre à produire de la nourriture, à réparer nos machines et à mettre au point des moyens de locomotion. Pendant six mois, ce fut le chaos total.

— Et la guerre entre les villages?

— Plus de guerre. Nous avions d'autres priorités. Tranquillement, nous commencions à reprendre le dessus. Puis les envahisseurs sont venus.

— Que va-t-il nous arriver? demande Jean avec appréhension.

— La torture ou la mort. Mais, au fait, comment es-tu arrivé ici?

— C'est assez compliqué mais disons, pour simplifier, que j'ai attrapé un virus qui me transforme lentement en loka, comme vous dites. Je n'ai pas encore leur apparence, mais je suis capable de me téléporter. Toutefois, j'ai besoin d'une source d'énergie pour me déplacer. C'est ce que je cherchais avant de me faire piéger.

Bolte grimace.

— Ce virus, il est contagieux?

— Très peu, et pas par contact direct. Comme dit Calv: «C'est un virus très sélectif.» Tu ne risques rien.

— Ce n'est pas à moi que je pense, mais aux gens du village. Par contre, ton histoire est intéressante parce qu'un cas similaire s'est produit ici dans le passé. Il y a très longtemps, une jeune fille affirmait communiquer avec les arbres. Elle se disait porteuse d'un message. Selon elle, la présence des arbres n'était que temporaire. Ils nous savaient dépendants d'eux et ils désiraient nous avertir de l'existence d'une échéance. Nous ne devions pas baser notre survie sur leur aide. Elle se téléportait; les arbres lui avaient donné ce don.

— Et que lui est-il arrivé?

— Elle a explosé.

— Explosé?

— C'est ce qu'on raconte. Cela arrive quelque fois avec les arbres noirs. Ne t'imagine pas que voyager avec eux est sans danger. Au lieu de se matérialiser au point d'arrivée, ils explosent avec leurs passagers à l'intérieur. J'imagine que c'est ce qui est arrivé à la jeune fille.

— Quel merveilleux cadeau les arbres noirs lui ont fait! conclut Jean d'une voix amère.

— On ne choisit pas toujours. Les choses s'imposent à nous.

— Je connais la chanson. Mes parents adorent tenir ce genre de discours.

— Alors, toi aussi, tu es un messager des arbres noirs?

Jean réfléchit quelques instants et finit par répondre:

— Peut-être. Je parle la langue des envahisseurs. J'imagine qu'il existe une raison à cela. Juste avant le départ, mon ami Calv émettait l'hypothèse que les arbres m'avaient choisi. Le seul problème, j'ai beau fouiller ma mémoire, je ne découvre aucun message à transmettre. Je me demande si...

La conversation est interrompue par l'entrée de quatre soldats. Un d'eux pointe Jean du doigt et lui fait signe de les suivre. Bolte murmure:

— Sois courageux, mon garçon.

— Traga ja guata ri! (L'amiral sera content!) Traga ja guata ri!

Les soldats figent. La voix provient du kadi. C'est Kat qui joue au perroquet. Un des militaires s'approche du garçon et examine le sac.

— Traga ja guata ri!

Avec circonspection, l'homme dégage l'ouverture du kadi et penche son visage pour examiner l'intérieur. Un cri de douleur retentit et le militaire recule en tenant son nez ensanglanté. D'un bon coup de mâchoires, Kat a protégé son espace vital. Les soldats pointent leur arme vers Jean qui s'écrie dans leur langue:

— Ne tirez pas! Ne tirez pas! Je peux vous expliquer.

Un des militaires lance à ses compagnons:

— Attendez!

Il s'approche du Terrien et lui lance:

— Vas-y, explique-nous.

— Il s'agit seulement d'un bébé lézard tout ce qu'il y a de plus inoffensif. Je suis le seul qui peut le toucher. Voyez.

Avec douceur, le garçon retire Kat de sa cachette et l'exhibe à la ronde. La petite, d'un regard froid, étudie l'auditoire; elle conclut l'examen par un long bâillement qui résume son opinion sur ce public dérangeant. Jean la replace dans le sac. Le garçon décide de bluffer pour gagner du temps:

— Je parle votre langue parce que j'ai un message très important pour l'amiral. Je dois le voir de toute urgence.

Le soldat sourit.

— Aucun problème. Notre ordre était justement de t'amener à lui. Par contre, ton «bébé» reste ici. Les bestioles qui mordent sont strictement interdites à bord.

Jean n'aime pas le mot «bestiole», mais il n'est pas en position de discuter. Il enlève le kadi et le confie à Bolte.

— Tu vas en prendre soin? demande-t-il.

— Comme de la prunelle de mes yeux, mon garçon.

Le Terrien arrache une manche de son T-shirt et explique au chef du village:

— Si jamais elle s'agite, fais lui sentir ce morceau de tissu. Elle est très sensible aux odeurs.

— Je le ferai. Bonne chance.

— Merci.

8

Celui Qui Voit

Les soldats escortent Jean jusqu'à un ascenseur. Le groupe monte à bord et l'appareil amorce sa progression vers la surface. Après quelques minutes, la cabine ralentit puis s'arrête. Les portes coulissent; une bouffée d'air frais et un soleil aveuglant accueillent les passagers. Jean doit attendre quelques secondes pour que ses yeux s'adaptent à ce nouvel éclairage. Il aperçoit une vaste plaine aux grandes herbes folles où se profile au loin une chaîne de montagnes. Le décor lui est familier. C'est ici qu'il est arrivé la première fois sur Bridaine. D'après la position du soleil, il doit être environ midi.

Un engin spatial est posé à peu de distance. Long et étroit, l'appareil évoque plus un missile de guerre qu'une navette; Jean et son escorte longent le vaisseau pour atteindre le poste de pilotage situé à l'avant. Un soldat grimpe à l'intérieur à l'aide d'une petite échelle fixée à même le fuselage. Un deuxième l'imite, puis c'est le tour de Jean. L'intérieur est peu spacieux: un tableau de commande avec un siège pour le pilote et, au fond de la cabine, une longue banquette. D'un ton sec, un militaire ordonne au garçon de s'asseoir à l'arrière. Le pilote prend son poste tandis que les autres soldats s'installent à côté de Jean. Ils fixent autour d'eux des courroies de sécurité, geste que le Terrien s'empresse d'imiter.

La navette prend doucement de l'altitude, bascule afin de pointer le ciel et, sous la poussée puissante des réacteurs, fonce droit vers l'espace. La force d'accélération colle Jean à son siège. Il fixe son attention sur le hublot avant. En peu de temps, le bleu du ciel s'estompe pour laisser place au noir intersidéral et à ses myriades d'étoiles. Une sensation d'apesanteur gagne le Terrien.

La navette change de cap et une vision spectaculaire s'offre à Jean. Une masse grise, immense, sur laquelle s'allument et s'éteignent des centaines de points lumineux: le vaisseau amiral. C'est la première fois que le garçon voit un appareil d'une aussi grande dimension. Le cargo spatial qui les a amenés sur Tiäne, sa famille et lui, aurait l'air d'une souris à côté de cette machine de guerre. La navette modifie à nouveau sa trajectoire et survole le vaisseau-mère. Vue de haut, sa forme triangulaire imite la pointe d'une flèche. Le pilote parle:

— Vaisseau amiral, ici la navette Kouzia. Je demande la permission de retourner à bord.

Une voix se fait entendre dans la cabine:

— Je vous vois. Je vous vois.

Réponse bizarre, ne peut s'empêcher de penser Jean. Le pilote soupire.

— Je répète: demande la permission de retourner à bord. Mission prioritaire. Nous avons avec nous le prisonnier.

— Je vous vois, mais pourquoi êtes-vous assis? Bougez, bougez. Je veux vous voir bouger.

À la grande surprise de Jean, les soldats détachent leurs courroies de sécurité, quittent la banquette et effectuent quelques mouvements en apesanteur.

Le pilote demande:

— Êtes-vous satisfait? Pouvons-nous aborder?

— Je ne sais pas. Code-sécurité?

— Bleu-vert. Je répète: bleu-vert.

— Je vous vois. Vous pouvez procéder.

Les soldats regagnent leur siège et se harnachent à nouveau. Jean les regarde, interloqué. À quoi rime cette comédie?

La navette se rapproche du vaisseau amiral et se pose sur une plate-forme prévue à cet effet. Un mécanisme se met en branle et le fait pénétrer à l'intérieur du vaisseau amiral.

* * *

— Je vous vois. Je vous vois...

La diffusion constante du message commence à taper sur les nerfs de Jean. La voix résonnait dans le hangar où la navette s'est rangée. Elle suit maintenant pas à pas Jean et son escorte, dans les corridors où ils marchent. Jean devine qu'il s'agit de l'ordinateur contrôlant le vaisseau. Aucun doute, il est fou. Jean se rappelle avoir visionné un document sur les premiers prototypes d'intelligence artificielle. Avec le temps, ces machines devenaient dépressives, instables et complètement repliées sur leur mental. Elles n'étaient pas dangereuses et effectuaient malgré tout les tâches pour lesquelles on les avait programmées. Mais les côtoyer, jour après jour, pouvait faire craquer l'individu le plus fort.

Tout à coup, la voix se met à hurler:

— Je ne vous vois plus! Où êtes-vous? Où êtes-vous?

Toutes les lumières du corridor s'éteignent. Avec l'obscurité règne un silence pesant. Jean pourrait en profiter pour s'enfuir, mais où irait-il? Le vaisseau est immense. Il ne ferait que s'égarer. Après quelques minutes, un grondement sourd retentit, une vibration parcourt le vaisseau et les lumières se rallument.

La voix annonce:

— Attention, nouveau code-sécurité: bleu-vert. Attention, nouveau code-sécurité: bleu-vert.

C'est le code de tout à l'heure, pense Jean. Il perd la mémoire ou... il répète toujours le même. Pour se rassurer, comme un enfant.

— Nous sommes arrivés, avertit le chef des soldats.

Le groupe entre dans une grande salle truffée d'appareils électroniques. Jean est installé sur une chaise et solidement sanglé. Des techniciens en blouse blanche fixent des électrodes sur ses tempes et sur son crâne. Cet attirail laisse présager à Jean qu'il va passer un mauvais quart d'heure. Il possède un mince avantage: sa maladie l'a rendu familier à la douleur... bien que toute personne possède ses limites.

— Je vous vois. Je vous vois...

L'ordinateur poursuit sa litanie tandis que les techniciens s'affairent sur un tableau de contrôle. À quelques reprises, ils s'approchent du garçon, lui lancent un regard critique et retournent ajuster un cadran ou introduire des données sur un clavier. Il n'y a pas de pitié dans leurs yeux. Ils ressemblent aux soldats avec leur peau bronzée et leur profil squelettique. Jean se risque à parler:

— Je devais voir l'amiral. Où est-il? J'ai un message très important pour lui.

Un technicien répond:

— Tu le rencontreras bien assez vite. Pour l'instant, nous allons vérifier l'intérieur de ta tête. De cette manière, l'amiral ne perdra pas son temps à démêler le vrai du faux dans tes propos. Bon, tout est prêt. Allons-y.

Une douleur intense frappe Jean à la tête. Il sent une présence étrangère qui s'insinue dans sa conscience. Elle cherche, elle fouille. Elle arrive devant une porte, la défonce sauvagement et ainsi de suite, démolissant tous les efforts du Terrien pour résister à la sonde mentale. Jean suffoque et il a mal au cœur, le tout couronné par l'humiliant sentiment de se faire déshabiller en public. La souffrance monte d'un cran et le garçon s'agrippe à sa chaise. Cette fois, il a l'impression que son cerveau fait la toupie à l'intérieur de sa boîte crânienne. Des pensées confuses s'entrechoquent dans sa tête, son regard s'embrouille et le Terrien s'évanouit.

***

Quand Jean se réveille, il se trouve ailleurs, assis dans un fauteuil rembourré. Aucun lien ne le retient prisonnier. Un petit homme, installé derrière un vaste bureau, l'examine. Il semble plus âgé que ceux rencontrés jusqu'à maintenant: la peau ridée, une longue tignasse faite de cheveux blancs et un nez crochu qui lui donne un air de vautour.

— Je vous vois, je vous vois...

Une migraine affreuse cisaille la tête de Jean; irrité, il lance à l'individu dans sa langue:

— Vous ne pourriez pas le faire taire?

L'inconnu ricane et répond:

— Moi aussi, j'adorerais le faire taire. Tu vois, sur ce point, nous nous rejoignons. Je me présente: amiral Gaudi. Tu es à bord du vaisseau le Hatg. Un hatg, tu sais ce que c'est?

Jean secoue la tête.

— Non. J'ai une certaine connaissance de votre langage mais des détails m'échappent.

— Hatg désigne un oiseau de proie très vorace qui vit sur ma planète, une bête au plumage magnifique mais très difficile à apprivoiser. Cependant nous y arrivons, à force de patience et de volonté. En toutes choses, il faut une volonté de fer.

L'amiral se soulève de son siège et s'approche de Jean. Il est vêtu d'un sobre uniforme militaire de couleur brune. Cousu sur la chemise, le dessin de trois petites galaxies doit témoigner de son rang suprême. Ses yeux minuscules expriment une férocité contenue. Silencieux, il tourne autour du Terrien comme un prédateur rode autour de sa proie. L'amiral s'arrête et dit, sur un ton songeur:

— Nous avons sondé ton cerveau et nous avons découvert des choses intrigantes. D'après nos déductions, tu n'es qu'un porteur, car tu ignorais la présence même de ces images dans ta tête. Je vais te les montrer.

L'amiral retourne s'asseoir à son bureau et appuie sur un bouton. Un des murs de la pièce s'illumine et montre l'image d'un grand désert de sable. Jean pense tout de suite au Sahara sur sa planète natale.

Le militaire commente:

— C'est ma planète. Elle s'appelle Cadéna. Le climat est rude et les conditions de vie très difficiles. Cela a eu pour effet d'endurcir notre nation, de lui enseigner les vraies valeurs nécessaires à sa survie: discipline, obéissance et sacrifice.

Les images défilent; elles sont faites de paysages sablonneux, d'espaces immenses mais fragiles, sculptés par le vent et miroitant de l'implacable présence d'un soleil brûlant. De petites oasis apparaissent, de minces pellicules bleues autour desquelles s'accroche une végétation chétive. Jean est d'accord avec l'amiral: survivre dans un tel climat exige un moral d'acier. Malgré tout, une beauté spéciale se dégage de ces décors, une sensation d'éternité, la même éprouvée à la rencontre d'un océan vaste et insondable. Le Terrien sait que les arbres noirs possèdent le pouvoir de «voir» à distance. Cette faculté leur permet de planifier leur téléportation et de choisir les meilleurs endroits pour apparaître sans danger. Les végétaux auraient pu exhiber le catalogue varié des mondes visités par eux, mais, ici, leur attention est concentrée sur Cadéna. Le garçon s'interroge: pourquoi?

— Voilà pour la section nature, commente l'amiral. Passons à la partie décrivant la vie urbaine.

Des images de grandes villes se succèdent, territoire de bétons où le gris et le blanc dominent, avec peu d'édifices en hauteur. Après ce survol extérieur défilent des lieux publics, des scènes de foules, de magasins, de Cadénans qui vaquent à leurs occupations quotidiennes: se nourrir, travailler et se divertir. Un monde normal sauf pour un détail: les soldats. Peu importe l'endroit, ils sont omniprésents et surveillent les citoyens.

— Et voilà la partie la plus intéressante, avertit le militaire: les visages.

Le Terrien aperçoit maintenant des hommes, des femmes et des enfants, photographiés de face comme des criminels, avec des expressions tristes et résignées. Ces personnages sont tous de la race de l'amiral: visage osseux, orbites creuses où nichent de petits yeux.

— Vous connaissez ces gens? questionne Jean.

— Bien sûr, répond l'amiral. Tu les appelles arbres noirs ou lokas. Voilà, le spectacle est terminé. Que penses-tu de tout ça, jeune homme?

Jean secoue la tête. Une étrange émotion l'étreint, faite de pitié et de colère. Il comprend maintenant pourquoi il est ici et le sombre destin qu'ont connu les arbres noirs.

— Dites-moi si je me trompe, fait le Terrien. Ces gens croupissaient dans vos prisons et vous leur avez fait une offre: participer à un projet expérimental et, après, recouvrer leur liberté. Un virus leur a été injecté et ils se sont transformés en arbres noirs. Mais le but ultime n'était pas la téléportation. Ils devaient se matérialiser à l'endroit voulu et exploser.

— Oui, c'était le scénario. Pour augmenter leur puissance destructrice, nous pouvions aussi bourrer leur estomac d'armes nucléaires. Pour nous, il s'agissait de l'arme ultime, capable de traverser n'importe quelle défense ennemie.

— Et la souffrance était en prime, j'imagine. Vous avez programmé génétiquement le virus pour provoquer à intervalles réguliers des crises de douleur.

— Des criminels! réplique vivement le soldat. Ils n'allaient pas s'en sortir si facilement.

— Mais le virus a muté et ils ont conservé leur conscience. Ou, plutôt, ils en ont développé une nouvelle, différente, et ils se sont servis de leur pouvoir pour s'enfuir. À présent, vous les pourchassez parce qu'ils vous font peur. Vous craignez qu'une autre race s'empare d'eux et surtout du virus.

— Le virus ne nous inquiète pas. Il est trop instable. Par la suite, nous n'avons jamais réussi à recréer ces arbres noirs, comme tu les appelles. Le projet expérimental a été abandonné. Notre mission en est une de justice. Ces gens ont trahi leur monde et ils doivent être punis. Heureusement pour nous, ces bandits sont stupides. Ils ont quitté Cadéna et, depuis, ils se déplacent en ligne droite d'un système planétaire à l'autre. Il est donc très facile pour nous de les suivre. Nous arrivons toujours trop tard à cause de la vitesse du vaisseau, mais ce problème va être réglé bientôt. Maintenant, je te le redemande: que veulent-ils nous dire au juste en nous montrant ces images?

— Je pense que c'est évident: ils n'arrivent pas à oublier leur planète natale. Ils veulent revenir. Je le sais parce que je suis dans le même cas qu'eux: une personne qui a quitté sa patrie pour vivre en terre étrangère. J'ai eu un contact mental avec eux et j'ai senti leur désir profond de retourner vers leurs lieux d'origine. C'était la même chose pour moi.

Des mots montent à la conscience de Jean et il parle maintenant avec une passion qui le surprend lui-même:

«Nous ne sommes pas seulement des êtres de chair et de sang. À l'intérieur de nous, il y a des masses de roc, d'air et d'eau, des couleurs et des sons volés au décor qui nous entoure. Le monde extérieur habite en nous et nos mots puisent dans cette matière intime qui nous a vu naître. Comment expliquer? Vos compatriotes ont subi une violente mutation. Ils ont perdu leur corps. Ils ont perdu leur voix. Mais à l'intérieur d'eux, il y a toujours le soleil de Cadéna, ses mers de sable et ses oasis, ses villes grises et blanches. Vous avez effacé leur visage, rayé leur nom, mais leur identité est restée intacte. Malgré la souffrance, malgré la terreur, ils ont choisi de vous montrer des images qui témoignent de la beauté de votre planète. Ces gens vous pardonnent et ils désirent revenir vivre avec vous. Voilà leur message.»

Le Terrien est surpris par le discours qu'il vient de tenir. Les arbres noirs ont dû le guider d'une manière ou d'une autre dans ses paroles; malgré tout, il se sent fier d'avoir trouvé en lui l'émotion pour exprimer avec sincérité leur message.

— Je vois que tes arbres noirs ont su choisir un brillant ambassadeur.

Tout à coup, une sirène mugit et les lumières de la cabine clignotent en séquence rapide. L'ordinateur du vaisseau parle:

— Attention! Attention! Alerte niveau quatre. Je répète: alerte, niveau quatre. Un astéroïde se dirige vers le Hatg. Impossible d'engager la propulsion atomique et d'éviter la collision. Impact dans une minute. Décompte amorcé: 58, 57, 56...

L'amiral pianote sur un clavier installé sur son bureau. Un résultat s'affiche sur un petit écran près de lui. Furieux, il marmonne:

— Comme d'habitude!

L'amiral tourne la tête en direction de Jean:

— Ne t'inquiète pas, il n'y a pas d'astéroïde. Par contre, j'aimerais te présenter quelqu'un.

— 41, 40, 39...

L'amiral appuie sur une commande et le mur situé derrière lui coulisse. Jean ne distingue qu'un espace sombre où chatoient d'étranges reflets, semblables à des ondes à la surface d'un liquide opaque. Soudain, un visage énorme émerge du néant, une face crispée, blanche comme de la craie. Elle fixe Jean avec des yeux hallucinés, articule: «Je vous vois, je vous vois...» et coule lentement dans le noir avec une effroyable expression d'angoisse.

Jean a compris:

— C'est lui, n'est-ce pas? Celui Qui Voit.

— En effet.

— Et il se cache.

— Tu as tout deviné. Au début du voyage, tu aurais aperçu sur cet écran un visage semblable au mien, un visage souriant. Avec le temps, il est devenu hargneux, colérique. Ses traits s'effaçaient et, un jour, il a sombré dans le noir. Tu vois, aujourd'hui, on peut dire qu'il est relativement calme. Demain, il sera peut-être en crise profonde, prostré dans les ténèbres de sa folie. Le Hatg flottera quelques jours comme une épave sur l'océan, incapable de bouger ou de réagir.

— ... 3, 2, 1, 0. Collision!

La cabine plonge dans l'obscurité, mais aucun choc ne se produit. Un bref silence suit, puis la lumière revient.

— Attention, nouveau code-sécurité: bleu-vert. Attention, nouveau code-sécurité: bleu-vert.

L'amiral poursuit:

— Mon seul répit, je le vis en hibernation. Un sommeil de cent ans. C'est le temps qu'il nous faut pour voyager d'une étoile à l'autre. Quand nous dormons, l'ordinateur fonctionne à la perfection. Au réveil, son délire le reprend. Nous voir en activité semble le déboussoler.

— Vous ne pouvez pas le débrancher et fonctionner manuellement? Au moins couper sa voix? questionne Jean.

— Impossible. Si on le prive de la faculté de parler, il devient agressif. Tu comprends maintenant ma hâte de terminer cette mission. Je pourrai retourner chez moi et ne plus entendre cet ordinateur me persécuter avec son délire. Bon, nous avons assez parlé. Il est temps de mettre un terme à notre entretien.

Avec appréhension, Jean demande:

— Qu'allez-vous faire?

— Tous ceux qui aident les fuyards doivent être punis. Par conséquent, des charges nucléaires seront placées dans chacun des villages souterrains. Quant à toi, je suis désolé. Ton corps a été infecté par le virus; ceci te place dans la même position que les arbres noirs. Dans ces conditions, tu dois disparaître.

Le militaire déclenche un interphone et lance un ordre :

— Soldats! Entrez.

Deux hommes en faction devant la porte de l'amiral pénètrent dans la pièce. L'amiral aboie:

— Conduisez-le à la chambre de désintégration!

D'un sursaut, Jean se lève et proteste:

— Vous n'avez pas le droit! C'est inhumain!

— Adieu, lui fait Gaudi. J'ai été enchanté de faire ta connaissance, mais je suis très occupé. J'ai une planète à désinfecter au nucléaire.

Les soldats poussent Jean vers la sortie, la pointe de leur fusil dans son dos. Le garçon marche dans le corridor, l'esprit tourmenté, en quête d'un moyen de sauver sa vie.

— Je vous vois, je vous vois...

Le Terrien est enfermé dans une cabine aux murs lisses et métalliques.

— Je vous vois, je vous vois...

L'espace étroit a la dimension d'une douche. Une angoisse terrible étreint le garçon qui refuse de croire qu'il va mourir.

— Je vous vois, je vous vois...

Un éclair jaune remplit la chambre de désintégration et Jean disparaît.

9

Des explications

— Jean, tu m'entends?

Péniblement, le garçon ouvre les yeux. Il aperçoit Calv, puis sourit. Le Terrien articule d'une voix pâteuse:

— Est-ce que je suis mort?

— Question stupide: les morts ne parlent pas. Vu ton état, je te pardonne. Pour l'instant, reste couché. Je reviens tout de suite.

Calv s'éloigne et Jean fixe maintenant le plafond métallique de l'école. Étendu sur le sol, il tremble de tous ses membres.

Le reptile est de retour. Dans sa main, il tient une grosse feuille verte.

— Mords là-dedans. Cela va te faire du bien. Surtout ne l'avale pas.

Jean obéit. Une douce chaleur envahit son corps, ses nerfs se détendent. Le lézard part de nouveau puis, cette fois, il apporte une tisane. Il aide Jean à boire et lui enjoint:

— Reposes-toi. Tu es dans un sale état. Je dirais même dans un état lamentable, pitoyable, piteux, navrant...

— Ça va, Calv, murmure Jean avant de glisser dans le sommeil. J'ai compris.

* * *

Jean se réveille. Il se sent mieux, mais ses rêves étaient hantés par la présence de l'amiral et de Kat, avec, en sourdine, une voix répétant: «Je vous vois, je vous vois...» Calv a étendu une couverture sur lui et glissé un oreiller sous sa tête. Son ami l'observe, assis sur un tabouret, dans un coin de l'atelier. Le Terrien réalise tout à coup qu'il est nu.

— Tu m'as déshabillé?

— Non, tu es arrivé comme ça.

Jean réfléchit un instant et dit:

— Mes vêtements ont dû être désintégrés.

— Désintégrés? Intéressant. Cela expliquerait ton nouveau look. Regarde-toi.

Le reptile lui tend un miroir. Jean a perdu tous ses cheveux et ses sourcils. Il examine sa peau: toute trace de poil a disparu.

Jean fait la moue.

— C'est Catherine qui va être contente. Tu crois qu'ils vont repousser?

— Aucune idée. Je t'ai trouvé une combinaison et des bottines, des trucs utilisés à l'école pour nettoyer les endroits contaminés par des produits chimiques. Tu peux les enfiler, puisque tu dois couvrir ton corps, n'est-ce pas? Vous êtes vraiment compliqués, les mammifères.

Avec peine, Jean se met sur pied et s'habille. Le vêtement est trop grand et les souliers serrés, mais ce n'est pas le moment de faire le difficile.

— Tu as veillé sur moi, pas vrai?

— Oui. C'est normal, je suis ton ami.

— J'ai dormi combien de temps?

— Une heure. Et tu avais disparu trois heures. Résumons: tu arrives ici à neuf heures, le matin. Tu disparais à neuf heures quinze et tu réapparais à midi douze. Tu dors environ une heure. Il est actuellement une heure et vingt minutes.

— Merci pour toutes les précisions.

Une pensée frappe Jean.

— Ma mère est venue pour me chercher.

— Non. J'étais absent de l'atelier et elle a laissé un message sur le vidéophone. Ta mère était furieuse. Elle se disait coincée à l'hôpital. La mort de Xède a déclenché un raz-de-marée administratif. Depuis ce matin, elle a vu défiler au moins cinquante personnes avec des formulaires et des questionnaires. Elle a même participé à un sondage sur le service à la clientèle. Ta mère pense en avoir pour la journée. J'étais soulagé. Je me voyais mal lui annoncer: «Madame Tremblay, votre fils et votre fille ont disparu. Oui, c'est ça. Évanouis, disparus en fumée. À bientôt.» En plus, j'avais besoin de temps pour comprendre les derniers événements. Je m'absente quelques secondes, je reviens: Kat et toi avez disparu. Personne ne vous a vus sortir de l'école. J'ai réfléchi et j'ai fait le lien avec les arbres noirs: la téléportation. C'était la seule explication logique. La petite séance électrique de ce matin n'était pas la seule en cause, ton corps absorbait de l'énergie depuis un an. Il était fort possible que tu aies atterri très loin. Je n'avais pas le choix d'attendre patiemment ton retour. En passant, il y a une chose dont je dois t'avertir: tout le monde à l'école veut savoir ce qui t'est arrivé. Tu vas être obligé de faire une conférence de presse. De toute façon, après ton départ, il s'est produit des choses ici.

— Quoi? demande Jean avec curiosité.

— Ah non! proteste Calv. C'est à toi de commencer. Ma petite aventure doit être peu de chose comparée à la tienne.

Jean commence son histoire que Calv écoute attentivement. Quand il a terminé son récit, le lézard déclare:

— J'avance cette hypothèse: tu as survécu à la chambre de désintégration, ton corps ayant absorbé l'ouragan énergétique qui devait disperser tes molécules. Une méthode pour vérifier ma théorie consisterait à te bombarder de divers rayons mortels pour voir comment tu réagirais. Après, je pourrais déterminer les sources d'énergie dont ton corps serait le plus friand. Plusieurs autres expériences seraient envisageables: je frappe violemment ton crâne avec un objet contondant, que se passerait-il? Est-ce que ton organisme absorberait le choc pour s'en nourrir?

Jean fronce les sourcils.

— Je t'en prie, Calv. Je viens de subir une sonde mentale. Je n'ai pas besoin d'un coup de bâton sur la tête en plus!

Calv baisse le regard.

— Très bien, très bien. Je me suis laissé emporter, excuse-moi. Une dernière remarque: les arbres noirs vont chercher des sources énergétiques de plus en plus variées. Je les soupçonne d'avoir muté à un degré exceptionnel. Ce détail, l'amiral devait l'ignorer, sinon il ne t'aurait jamais envoyé à la chambre de désintégration pour te nourrir d'énergie. Pour Kat, que comptes-tu faire?

— Je dois à tout prix retourner au village de Fime. Je n'ai pas le choix, n'est-ce pas? Je ne peux pas abandonner la petite sur une planète qu'on va désinfecter au nucléaire.

— Tu es conscient du danger?

— Tu veux rigoler? On vient juste de me désintégrer.

— Très bien. Si j'étais à ta place, je ferais la même chose. Je te propose de t'accompagner.

Jean sourit.

— Tu es un véritable ami, Calv.

Le lézard est fébrile.

— Bon. Il va falloir se préparer, apporter des petites surprises pour l'amiral Gaudi, consulter l'ordinateur de l'école. Il peut nous fournir des informations intéressantes sur le type d'intelligence artificielle qui contrôle le vaisseau.

— D'accord, mais tu oublies quelque chose.

— Quoi?

— Me raconter ce qui est arrivé ici après mon départ.

— Oui, c'est vrai. Voilà, je suis dans l'atelier, plongé dans de profondes pensées. Un signal sonore retentit: c'est la mallette noire. Excité, je l'installe sur ma table de travail. À ma grande surprise, elle s'ouvre d'elle-même. Une voix enregistrée se met à parler: je reconnais Xède. Tu dois absolument entendre l'enregistrement.

10

Le service

«Bonjour ou bonne nuit, Jean. Comment vas-tu? Bien, j'espère. Dans mon cas, la question ne se pose même pas. Je suis... disons ailleurs, ou nulle part. Cela n'a plus beaucoup d'importance. Ce qui compte, c'est que tu sois là pour entendre ce message. Je vais tenter de répondre à certaines de tes questions. D'abord la raison de mon décès: je suis vieux, Jean. Officiellement j'ai 243 ans; en réalité, j'en ai 721! Un exploit, même pour un lézard. Tu te demandes sans doute comment j'ai pu vieillir à une telle vitesse. J'ai franchi la deuxième étape: le voyage temporel. Grâce à mon invention, je perçais des trous dans la masse spongieuse du temps pour infiltrer ses corridors secrets. Je partais le matin, je revenais le soir. Dans ce court laps de temps, j'avais peut-être vécu cinq ou cinquante de mes années biologiques à une autre époque, dans le passé ou le futur. Ma vie s'est donc déroulée très loin de Tiäne et d'aujourd'hui. Pour toi, Jean, six mois se sont écoulés où nous nous sommes perdus de vue.

Je dois t'avouer quelque chose, Jean. Je suis un très mauvais savant. Je n'ai jamais vraiment su comment mon invention fonctionnait. Pour un scientifique, c'est très humiliant; il faut comprendre les choses, c'est impératif. La science agit comme une lumière dirigée sur l'obscurité qui nous entoure. J'ai donc avancé dans la nuit. J'ai vogué de catastrophe en catastrophe. J'ai vu des choses horribles, des choses que j'aurais souhaité ne jamais voir. On m'a enfermé dans des lieux pires que des prisons. Mais à chaque pas, j'ai appris. J'ai rencontré des gens extraordinaires. Peu importe l'époque, je te jure qu'ils existent même si, parfois, il t'arrive de croire le contraire. Je veux te parler de l'une de ces personnes vraiment spéciales. Elle était très forte, très courageuse. Nous avons été amis cinq ans; cinq ans, pour un lézard, c'est peu.

Nous nous sommes connus sur Tiäne à une époque sauvage et barbare. On dit souvent que cette planète n'a jamais connu de conflit armé. Ce n'est pas le style des lézards: nous sommes trop réfléchis, trop sérieux pour ces balivernes. Ces traits de caractères n'éliminent pas les confrontations pour autant. À cette époque tourmentée, les lézards s'épuisaient dans des querelles individuelles aussi subites que sanglantes. Les conventions étaient très fortes: tout lézard qui tentait d'échapper aux traditions était exterminé sur place. Et moi, j'ai atterri dans ce monde où le moindre mot de travers aurait pu me précipiter sur l'échafaud!

Heureusement, j'ai fait mon entrée en scène dans les jardins secrets de la reine Tama Première. Très intelligente, elle a tout de suite compris que ma vie ne tenait qu'à un fil. Elle s'est empressée de me protéger et de me donner la fonction officielle d'astrologue. L'amour est né. Nous étions tous les deux en âge de procréer. L'inévitable s'est produit.

À cette époque, une loi aussi cruelle qu'absurde ordonnait la mise à mort de la reine dès la naissance d'un descendant. Elle pondrait sa couvée et, le jour suivant, le bourreau la décapiterait sur la place publique. J'étais conscient que notre temps était compté. Tout lézard qui procrée sait sa fin imminente. Malgré tout, je me suis révolté! Chaque seconde avec elle était trop précieuse pour les sacrifier à une tradition sanguinaire. Surtout, il était hors de question de l'abandonner à cette mort horrible. Elle a pondu un œuf, un seul. Ce qui, à cette époque et encore aujourd'hui, est le signe d'un destin exceptionnel. Je l'ai suppliée de fuir vers le futur avec l'enfant. Elle a refusé. Elle était une reine: toute sa vie l'avait préparée à ce moment.

J'ai alors commis un acte hautement répréhensible: je l'ai attirée dans un piège. Je voulais expédier à son insu la reine et son œuf à notre époque, mais les choses ont mal tourné. Je te disais mal connaître le fonctionnement de mon invention: eh bien, la reine est restée sur place et l'œuf s'est perdu. J'ai tout tenté pour le récupérer mais en vain. À l'heure actuelle, il dérive dans ce que j'appelle l'entremonde, coincé entre deux univers.

La reine fût accusée d'avoir volontairement détruit sa progéniture. Il n'y a pas de crime plus abject sur Tiäne. Il n'était plus question de mort honorable pour elle. Elle était condamnée à l'exil, à marcher dans les contrées glaciales et noires du nord, là où le lézard est torturé par le froid longtemps avant de mourir. La sentence rendue, Tama a pris la parole et a prononcé un discours qui a changé bien des choses sur Tiäne. Pas immédiatement, c'est le pouvoir des mots et aussi leur faiblesse: ils ont besoin de temps pour trouver leur chemin jusqu'à notre cœur.

J'imagine que tu veux maintenant savoir en quoi toute cette histoire te concerne. J'ai besoin de toi, Jean. J'ai besoin du temps que tu possèdes, car le mien se termine bientôt. N'aie pas peur, je ne te demanderai pas de retourner dans le passé et de changer le cours des choses. J'ai déjà tenté cette approche et je n'ai réussi qu'à empirer la situation. Je te demande plutôt de m'aider à récupérer l'œuf.

Dans cette mallette, tu découvriras des notes, de l'information, mon invention et d'autres broutilles susceptibles de t'aider dans ta tâche. Pour l'ouvrir, utilise la plaque digitale. Elle fonctionne, maintenant: seuls toi et Calv pourrez l'ouvrir. Oui, j'ai pensé à ton ami: je suis sûr qu'il n'est pas très loin. Bonjour Calv.

Jean, voici ce que tu dois faire: à intervalles plus ou moins réguliers, la mallette émettra une série de sons électroniques. Ce signal t'avertit que, bientôt, une porte spatio-temporelle va s'ouvrir. Pendant un bref instant, un objet peut être retiré de l'entre-monde. Mais, pour réussir, tu dois disposer rapidement sur le sol les trois boules que tu connais. Inutile de les charger en chantant: il s'agit d'un nouveau modèle amélioré. En passant, si jamais tu les perds, la mallette contient de quoi en fabriquer d'autres. Par contre, il sera nécessaire d'utiliser une mélodie pour les faire fonctionner. Dans mes notes, je t'indique aussi la forme et les distances concernant le triangle. Quelque chose apparaîtra. Sois très prudent, ce ne sera pas nécessairement mon œuf. Lors de mes voyages, j'ai expédié dans l'entremonde quantité de spécimens, objets et autres curiosités que je rencontrais sur mon chemin. Certains peuvent se révéler très dangereux. Tu reconnaîtras facilement ma progéniture: il s'agit d'un gros œuf de couleur orange moucheté de bleu.

Je suis incapable de te dire combien il faudra de temps pour que mon enfant resurgisse à ton époque. Il est même possible que tu doives, à la fin de ta propre existence, chercher quelqu'un pour continuer à ta place.

Je suis très conscient de l'ampleur du service que je te demande. Mais tu dois comprendre une chose: tu n'es lié par aucun contrat. Tu peux renoncer en tout temps à cette entreprise. Si j'ai pensé à toi, c'est pour deux raisons. La première: à cause d'un trait de ta personnalité: ta gentillesse. Tu écoutes, tu es patient. Tu n'es pas toujours en mode critique comme les lézards. Les reptiles ont ce vilain défaut de tout soumettre à l'analyse. Leur premier réflexe consiste à déconstruire les choses. Il ne doit jamais subsister une part d'ombre ou un détail qui leur échappe. Dans le fond, l'inconnu les terrorise. Je sais que tu es différent. Tu possèdes cette dose de courage (de folie, diraient mes congénères), qui permet d'avancer sans repère au milieu de contrées mystérieuses. Je ne cherche pas à te flatter. Je ne te demanderais pas un service dont le poids serait au-dessus de tes forces. La deuxième raison: je ne connais que toi. Aujourd'hui, je réalise que je paie pour ma volonté farouche de m'enfermer seul dans mes travaux scientifiques. Ma passion de comprendre, d'aller toujours plus loin, exigeait une solitude absolue. C'était une attitude égoïste, j'en conviens. Mais c'était mon choix et il n'impliquait que ma personne.

Voilà, c'est tout ce que j'avais à te dire. Je te laisse ma maison et tout ce que tu découvriras à l'intérieur. Fais-en bon usage. Je m'excuse d'avance pour tous les problèmes que ma requête pourra te causer. Je sais que tu comprendras. Adieu, mon ami.»

Un long silence suit la fin de l'enregistrement. C'est Jean qui le brise:

— Je me souviens d'une phrase que Xède m'a déjà dite: «S'il y a une chose que je déteste par-dessus tout, ce sont les choses simples.» Je pense que cela décrit très bien sa personnalité.

— Je l'imagine qui se balade dans le temps, au hasard. Il a dû semer la pagaille partout où il est passé.

— Cela expliquerait pourquoi il n'a jamais cherché à rendre publique son invention.

— Bon, dit Calv, je reprends le cours de mon histoire... Après avoir écouté le message de Xède, nouveau signal sonore: une porte spatio-temporelle s'ouvre! Vite, je dépose les trois boules sur sol. Je me souviens, tu me l'avais déjà dit, qu'il faut former un triangle. Je ne connais pas les distances exactes, j'y vais donc au hasard.

«Un gros ballon vert apparaît. Bon, je me doute qu'il ne s'agit pas de l'œuf. Je m'approche: le ballon saute sur moi et m'arrache un bout de peau sur la main. La chose se met à rebondir partout, attaque d'autres étudiants. Il nous a fallu une bonne demi-heure pour réussir à la coincer. Une fois immobilisée, j'ai vu ce qui m'avait blessé. L'animal possède une bouche en forme de ventouse, garnie de petites dents. Il a trois yeux, isolés les uns des autres, probablement pour voir dans toutes les directions. Je n'ai jamais rien vu d'aussi féroce.»

— Tu n'as jamais rencontré l'amiral. Il...

Un son électronique retentit. Leurs regards convergent vers la mallette.

Calv secoue la tête.

— C'est à toi de t'en occuper. Moi, j'ai déjà donné.

Le lézard exhibe une morsure à sa main. Jean se décide. Il fouille dans la mallette, récupère trois boules, deux blanches et une bleue, et les place par terre. Un objet se matérialise: un cercle fait d'une bande métallique de couleur or.

— Cela ressemble à une couronne, fait Jean. Peut-être celle de Tama Première?

Calv avertit:

— N'y touche pas tout de suite. Il ne faut pas se fier aux apparences. Prends plutôt ces pinces.

À l'aide de l'instrument, Jean récupère l'objet et le dépose avec précaution sur la table. Les deux amis l'examinent en silence.

— En tout cas, ça ne mord pas, avance Jean.

— Pour l'instant! réplique Calv. Tu parlais d'une couronne?

— Je ne sais pas. C'est à cause de l'histoire de Xède.

— Elle avait une grosse tête, alors.

— Ne l'insulte pas!

À ces mots, la couronne se met à rétrécir, rétrécir, pour finalement disparaître.

Jean et Calv se regardent, étonnés. Mal à l'aise, Calv maugrée:

— Les couronnes ont des oreilles, maintenant?

Jean sourit.

— Tu sais comment nous sommes superstitieux, nous les Terriens.

Un bruit métallique les surprend. Quelque chose est tombé près d'eux. Jean se penche et ramasse l'objet. La couronne est revenue.

— Finalement, dit le garçon, Tama Première ne t'en veut pas.

Calv lève la tête et examine le plafond.

— Curieux, dit-il. Veux-tu m'expliquer comment... Oh non!

Des couronnes tombent. Sur eux, autour d'eux, avec un son infernal. Une vraie grêle. Instinctivement, Calv et Jean lèvent les bras pour se protéger. L'avalanche dure quelques secondes, puis le calme revient. Le sol est jonché de dizaines de couronnes, toutes identiques.

— Tu n'es pas blessé? demande Calv.

— Non. Seulement quelques bleus, répond Jean. Cela t'apprendra à ridiculiser les morts.

Calv jette un regard critique sur le plancher de son atelier et déclare sur un ton de dépit:

— Il va falloir ramasser la camelote de Tama Première.

— Tu recommences! avertit Jean, très sérieux.

Comme pour confirmer cette affirmation, les couronnes sur le sol rétrécissent et se volatilisent en quelques secondes. Sans perdre un instant, Jean et Calv se cachent sous la table. Ils attendent plusieurs minutes mais l'avalanche ne se produit pas.

Ils se risquent à sortir. Calv scrute les hauteurs comme s'il guettait l'arrivée d'un ouragan.

— Rien à l'horizon. Tout ceci est très étrange. Quelque chose me dit que ta fameuse mallette noire va nous attirer beaucoup d'ennuis.

Jean ramasse les trois boules et les range dans la mallette qu'il referme. Il en saisit la poignée et déclare avec conviction:

— J'ai l'intention de respecter les dernières volontés de Xède. De toute façon, nous avons assez perdu de temps, il faut préparer notre départ.

Calv baisse la tête.

— Bon, d'accord.

— Très bien. Dans ce cas, allons voir Belk.

— Passe en premier. Je te suis.

Avant de quitter son atelier, Calv lance un coup d'œil inquiet en direction du plafond.

11

Discussion avec l'ordi

Belk est le guide informatique de l'école. Création virtuelle, il est plus que la porte d'entrée à la mémoire d'un puissant ordinateur: il est un outil de discussion, une intelligence artificielle dont le rôle consiste à confronter les étudiants à leurs propres raisonnements. Dans une cabine fermée, Jean et Calv discutent avec lui. Sur un écran à deux dimensions apparaît l'image d'un jeune lézard dont la peau change constamment de couleur: Belk.

— J'ai fouillé dans ma mémoire: je ne possède aucun document concernant les envahisseurs que tu m'as décrits, Jean. Par contre, tes informations me permettent d'évaluer leur niveau de technologie: Tiäne et la Terre sont nettement en avance sur eux. En ce qui concerne Celui Qui Voit, il s'agit d'une intelligence artificielle de première génération, des machines très fragiles mentalement. Elle risque de les retarder dans leur plan et de vous donner la chance de récupérer Katjanpaula. Je vois un autre problème à votre expédition. Grâce aux travaux de Calv sur les arbres noirs, j'ai pu évaluer la somme d'énergie nécessaire pour aller sur Bridaine. L'école peut vous la fournir. Mais pour le retour? Vous avez deux sources possibles: le village de Fime, et le Hatg. Dans le cas du vaisseau, il est loin d'être évident qu'on le mettra à votre disposition.

— Ne t'inquiète pas! s'exclame Jean. Je n'ai pas l'intention de revoir l'amiral. D'après Calv, j'ai été chanceux: mon corps a absorbé l'énergie qui devait servir à me désintégrer. Je ne subirai pas une autre séance de brasse-molécules pour revenir.

— Il faut pourtant l'envisager, Jean, dit Belk. De toute façon, mon rôle est de vous proposer des situations, des hypothèses fictives. Je ne peux en aucun cas autoriser ou vous laisser mettre en branle des expériences dangereuses pour vous. Dans ton cas, Jean, je suis même obligé de contacter tes parents pour les avertir des derniers événements.

— Mais tu ne le feras pas, n'est-ce pas? dit Jean en lui lançant un double clin d'œil.

L'image de Belk se brouille un bref instant. Elle revient, mais Belk est affligé d'un tic nerveux qui le fait constamment cligner des yeux.

Jean se tourne vers Calv.

— Cher Xède. Son virus informatique fonctionne toujours aussi bien. Deux battements de cils et le programme s'active: Belk ne peut rien nous refuser.

Grognon, le lézard lance:

— Finis-en avec cet imbécile. Il m'ennuie.

L'épisode de la couronne de Tama Première a laissé Calv de mauvaise humeur. Jean n'y prête pas attention, habitué au caractère volcanique de son ami.

— On reprend, Belk. Alors il faut vraiment envisager un retour sur le Hatg?

— Oui. Pour cela je vous conseille de vous munir d'un traducteur binaire. Il s'agit d'un ordinateur de poche conçu pour dialoguer avec des machines intelligentes, peu importe le langage ou le système qu'elles utilisent. Je vais le charger d'un programme thérapeutique qui devrait mettre Celui Qui Voit sur le chemin de la santé mentale. Je vous avertis: vous pouvez vous matérialiser sur Bridaine et découvrir une planète ravagée par les radiations. Dans ton cas, Jean, je ne pense pas que tu sois en danger. Ton corps semble devenu une éponge énergétique. Par contre, Calv, tu dois te munir d'un vêtement antiradiation.

— Très bien, pauvre cloche, grogne le reptile.

— Le pire scénario pour vous est d'arriver à l'instant précis où les charges explosent. Si tu as survécu à une chambre à désintégration Jean, je pense que tu peux t'en sortir. Mais toi, Calv...

— Ne t'inquiète pas pour moi, crétin.

— Autre question: allez-vous avertir les Fimiens que les soldats vont installer des charges nucléaires sur leur planète? Ne pas le faire serait immoral. Le dire créera une panique à coup sûr.

Jean hausse les épaules.

— Un problème à la fois, Belk. Commençons par nous rendre sur Bridaine, nous déciderons sur place.

— Très bien. Dans ce cas, j'imprime une liste des items nécessaires pour votre expédition ainsi qu'un plan pour modifier le bloc énergétique de l'école. J'évalue à trois heures le temps nécessaire pour réaliser vos préparatifs. Autre chose...

— Quoi? demande Jean.

— Ce tic affreux, vous ne pouvez pas m'en débarrasser?

Calv tape deux fois des mains. La tête de Belk s'aplatit et, distordue, emplit toute la surface de l'écran. Le lézard ricane.

— Tu te sens mieux, maintenant?

* * *

En une heure à peine, tout est prêt. Lorsque Jean et Calv sont sortis de la cabine, un petit groupe d'étudiants les attendait pour obtenir des explications sur les derniers événements. Mis au courant de la situation, ils ont tout de suite offert leur aide. Finalement, l'école au grand complet s'est impliquée avec une efficacité bien reptilienne. Jean a pris un moment de répit pour s'installer dans l'atelier de Calv et enregistrer un message. Cela n'a pas été facile, mais il a trouvé les mots. Belk se chargera de le diffuser à Catherine quand elle se présentera à l'école.

— Je t'interdis de rire!

Jean tourne la tête et aperçoit une silhouette énorme, Calv dans sa combinaison antiradiation. La tête du lézard émerge à peine du vêtement brun et matelassé tant il semble gonflé à l'hélium.

— J'ai l'air d'un ballon qui va exploser, se plaint le lézard vert.

— Du point de vue d'un Terrien, tu as l'air d'un hippopotame. Et pour la tête?

— Le chic du chic. Attend un peu.

Le lézard enfile une cagoule faite du même tissu brun. Le vêtement possède une fenêtre transparente au niveau des yeux. Devant le museau, un rond noir fait office de filtre pour la respiration. D'une voix étouffée, Calv demande:

— Et alors?

— C'est mieux. Personne ne peut te reconnaître.

— Un bon point. Pour le moment, je l'enlève: on respire mal là-dedans. Est-ce que tu viens? C'est l'heure.

Jean se raidit. Plus question de reculer. Il saisit la mallette noire et déclare simplement:

— Allons-y!

***

Le bloc énergétique occupe une partie du sous-sol de l'école. Pour l'atteindre, les deux amis descendent un escalier, empruntent un petit corridor qui les mène jusqu'à une porte métallique. Elle présente la mention suivante en plusieurs langues des lézards: «Danger. Courant à haute tension.» Jean tire la poignée; un grondement sourd et puissant les accueille.

Deux étudiants sont déjà sur place: Raki et Blute, les spécialistes en physique nucléaire de l'école. Ce sont deux lézards rouges, avec des yeux jaunes aux pupilles fendues verticalement; leur tête est parsemée de saillies écailleuses. En les contemplant, Jean a l'impression fugitive d'être descendu aux portes de l'enfer. Derrière eux, un mur d'écrans, de contrôles et de cadrans: le bloc énergétique et son réacteur antimatière. Raki parle dans sa propre langue (un triangle blanc, un carré noir):

— Salut! Prêts pour le grand voyage? Je vous explique. Ce sera très simple. Vous voyez la barre horizontale qui sort du réacteur? Jean, tu n'auras qu'à la saisir à deux mains. Nous savons que les arbres noirs créent autour d'eux un champ qui entraîne dans leurs déplacements les objets qui s'y trouvent. Alors, Calv se placera le plus près possible de toi. Au signal, nous mettrons toute la gomme. Nous avons préparé tes bagages: un sac à dos muni, au fond, d'une plaque antigravité. Tu peux donc y loger des objets très lourds. Le traducteur binaire, nous l'avons amélioré. Nous y avons ajouté un programme qui te permet de calculer la quantité d'énergie nécessaire pour te téléporter d'un point à un autre ainsi que les plans nécessaires pour modifier la plupart des sources énergétiques. Comme nous ne connaissions pas les coordonnées exactes du village, nous avons procédé en évaluant grosso modo la quantité d'énergie que tu avais pu absorber pendant un an. Nous t'avons aussi fourni une plaque et un tapis conducteur pour te recharger: il suffit de les brancher à n'importe quelle prise électrique. Évidemment, il faut beaucoup plus de temps pour nourrir ton corps en énergie de cette manière. Dernière chose: la liste.

Raki tend à Jean une feuille de papier. Les symboles au début indiquent que le texte est écrit en français (cercle blanc, cercle noir: retour à la langue natale). Jean commence à en déchiffrer le contenu:

«1. Échantillon de l'atmosphère. 2. Spécimens végétaux. 3. Mesure du champ magnétique 4. Échantillons minéraux...».

— Ce sont des choses à faire ou à ramener de Bridaine, si je comprends bien, fait Jean, les yeux toujours penchés sur le document.

Calv acquiesce:

— Oui. Mais nous nous sommes limités. Une demande par étudiant.

Un sourire éclaire le visage de Jean.

— Tiens, tiens. Je vois que quelqu'un veut obtenir «les poils de la barbe de Bolte». Qui donc?

Calv toussote.

— C'est moi. Mais c'est uniquement dans un but scientifique.

— Dans un but scientifique, répète Jean, ironique. Ce n'est pas pour te fabriquer une nouvelle fausse barbe, n'est-ce pas?

— Jamais de la vie! proteste Calv. Où vas-tu chercher des idées semblables?

— Je ne sais pas. De toute façon, tu négocieras la chose avec Bolte.

— J'aimerais mieux que tu t'en charges. Entre mammifères, j'imagine que c'est plus facile... ce genre de demande. Non?

Jean soupire, plie la feuille et la glisse dans une poche de sa combinaison.

Il s'adresse à Raki (triangle blanc, carré noir):

— Pour la liste, je ferai mon possible.

— Merci. Voici le sac à dos. Nous avons vérifié deux fois son contenu pour ne rien oublier.

Le bagage est volumineux et Jean se demande s'il ne part pas camper pour deux mois.

Au moins, grâce à la plaque anti-g, le sac pèse une plume. Le Terrien n'éprouve aucun problème à l'enfiler. Maintenant, Raki lui montre sur le sol une grille métallique: c'est là qu'il doit s'installer. Jean demande:

— Il faut enlever les chaussures?

— Oui, lui répond le lézard rouge. Donne-les-moi, je vais les mettre dans ton sac à dos.

Jean s'exécute. Les pieds sur la grille, il ressent le contact froid du métal. Il ne reste plus qu'à placer la mallette de Xède entre ses jambes et à empoigner la barre de métal devant lui. Maintenant, c'est à Calv de se positionner. Le reptile enfile sa cagoule et s'accroche solidement au sac à dos de Jean.

— Très bien, conclut Raki. C'est à nous de faire le reste.

Les deux lézards rouges se placent à l'écart, mettent sur leurs yeux des lunettes protectrices. Raki tient une manette munie d'un bouton rouge. À haute voix, il commence le décompte:

— ... cinq, quatre, trois, deux, un, zéro!

Une explosion de lumière, accompagnée d'un craquement électrique, remplit la pièce. Une secousse brutale arrache Jean et Calv du sol pour les précipiter dans le noir des abysses.

12

La bombe

Alors qu'ils tombent tous les deux, une image emplit la tête de Jean: une cage d'ascenseur perdue au milieu d'un champ gazonné. Au loin, le profil accidenté d'une chaîne de montagnes. Ce sera leur point d'arrivée, à la surface de Bridaine... si la bombe n'a pas déjà explosé et ravagé le paysage. Dans ce cas précis, que se passera-t-il? Jean l'ignore. Les arbres noirs possèdent le pouvoir de voir à distance. D'une manière inexplicable, ils captent des images qui proviennent d'ailleurs. Ils les utilisent pour aiguiller leurs voyages. Jean, lui, doit se fier à ses souvenirs. Si les lieux ont changé, arriveront-ils à destination?

Ils freinent. Jean reconnaît la sensation: les racines qui semblent sortir de ses pieds. Une brève secousse. Les ténèbres s'évanouissent, remplacées par la lumière du jour. Ils sont arrivés sur Bridaine.

— Je sens que je vais être malade.

Pauvre Calv. Il possède un estomac fragile que les descentes en chute libre incommodent. Le lézard a enlevé sa cagoule et s'éloigne pour vomir.

Dans le sac à dos, Jean déniche ses souliers et les remet en observant les alentours. La cage d'ascenseur, la plaine, les montagnes: tout est à sa place, comme sur une photographie. Plus important, il n'y a pas de navette ou de soldat ennemi en vue.

— Chaque fois que je pose les pieds sur cette planète, je vomis. C'est un signe.

Calv est revenu, débarrassé de sa combinaison antiradiation.

— Comment ça va? s'inquiète Jean.

— Mal! Très mal! lance le reptile avec hargne. Dépêchons-nous de récupérer Kat. J'ai hâte de partir d'ici.

— Moi aussi, si ça peut te consoler.

Jean replace le sac à dos sur ses épaules, prend la mallette et fait signe à Calv de le suivre vers l'ascenseur. Les portes s'ouvrent automatiquement et les deux amis pénètrent à l'intérieur.

— Quel beau système de sécurité! commente le lézard. N'importe qui peut entrer dans le village.

— À mon avis, c'est une manière d'amener les visiteurs exactement à l'endroit voulu. Une sorte de piège, si tu veux.

— Merci de me remonter le moral, soupire Calv.

La cabine se met en mouvement et amorce sa descente en direction du village souterrain de Fime. Silencieux, prisonniers d'un espace clos, Jean et Calv saisissent mieux le danger qui les guette. Le Terrien examine son ami, qui semble plongé dans une intense réflexion.

— À quoi tu penses? demande le Terrien.

Le reptile hausse les épaules.

— Je me demande pourquoi je me suis embarqué dans une telle aventure. Plus j'examine la question et plus je me sens idiot. J'imagine que c'est génétique. J'ai succombé à ma nature hyperémotive de lézard vert.

— Tu le regrettes?

— Et comment!

Jean baisse la tête.

— Je m'excuse... Je...

— Mais non, oublie ça. J'ai toujours rêvé de connaître les sensations épidermiques que procure l'explosion d'une bombe atomique.

Devant l'air chagrin de Jean, Calv ajoute:

— C'est une blague. Tout ira bien.

Les portes de l'ascenseur s'ouvrent. Prudemment, le lézard passe un museau à l'extérieur.

— Personne, déclare-t-il.

— Allons jeter un coup d'œil à la salle de l'étoile, propose Jean. C'est le seul endroit du village assez vaste pour loger des troupes. Nous pourrons vérifier si les Cadénans sont toujours présents.

— La salle de l'étoile? Oui, je me souviens: une grande place publique avec, au centre, une étoile à quatre branches dessinée sur le sol. Je me rappelle surtout que les Fimiens y déversaient des tonnes de victuailles volées aux quatre coins de la galaxie. Ils appelaient ça «l'heure du partage». En réalité, c'était plutôt «premier arrivé, premier servi». Bizarre coutume, mais ô combien délicieuse. Tiens, parler de nourriture me donne la faim.

Jean sourit.

— Ton estomac est revenu à la normale.

— C'est bon signe?

— Oui, mais il faudrait y aller.

À pas lents, les deux amis avancent dans un long corridor aux murs blancs, franchissent une première porte dont les panneaux métalliques ont coulissé à leur approche. Ils pénètrent dans la salle des mannequins, lieu sacré pour les villageois de Fime. Des centaines de statues de cires se tiennent debout, une assemblée figée et menaçante. Chacune porte un vêtement ou un uniforme différent qui indique son métier. Pour survivre, les Fimiens volent nourriture, objets et machines, mais, sans les connaissances technologiques nécessaires, les beaux gadgets ramenés demeureraient inutilisables. En voleurs prévoyants, les villageois kidnappent donc l'individu responsable de l'appareil dérobé. Les gens, ici, sont très superstitieux: quand l'étranger décède, il faut honorer le défunt pour calmer les mauvais esprits. Ils installent donc une statue à l'image du disparu.

Jean a l'impression de fouler le sol d'un cimetière. Chacun de ces mannequins est porteur d'une histoire, d'un destin qui s'est terminé sur une planète lointaine, un exil forcé ou béni selon les tribulations de l'individu. Le Terrien se sent curieusement ému. Il aimerait que ces statues possèdent le pouvoir de parler pour raconter leur aventure, ce périlleux voyage qu'on appelle la vie et dont le point de chute n'est révélé qu'à l'ultime minute. Les deux amis atteignent une autre porte. Elle s'ouvre et ils quittent la chambre mortuaire.

À présent, ils traversent un long couloir bordé de nombreuses portes closes. Jean et

Calv accélèrent le pas, très conscients de leur vulnérabilité. Derrière une porte pourraient se cacher des soldats prêts à fondre sur eux. Par bonheur, rien de tel ne se produit.

Ils aperçoivent l'entrée de la salle de l'étoile. Calv s'immobilise et retient Jean par le bras.

— Il faut longer les côtés, chuchote-t-il. La porte doit fonctionner grâce à un détecteur de mouvement. D'habitude, ce type d'appareil se contente de balayer le centre.

De part et d'autre du corridor, ils progressent. Quand ils atteignent la porte, Calv place sa main bionique sur un des panneaux coulissants. Il explique:

— Ma prothèse est munie de plusieurs sondes électroniques. Les informations produites sont directement transmises à mon cerveau. Avec mon capteur de son, je peux savoir si la salle est vide.

Il se tait un moment, puis déclare:

— Je perçois les battements rapides d'un cœur.

— Tu es sûr qu'il ne s'agit pas de moi? plaisante Jean.

— Qu'est-ce qu'on fait? On attend qu'il s'éloigne?

— Non, on l'endort. Ensuite, une fois réveillé, il nous donnera peut-être de l'information sur Katjanpaula.

Jean fouille dans son sac et en extrait une petite bonbonne et une perceuse miniature. Le Terrien applique la pointe de l'outil sur un des panneaux métalliques et perce une petite ouverture dans la porte. Il installe sur la brèche une ventouse reliée à la bonbonne par un tube de plastique. Il actionne un robinet et injecte une faible quantité de gaz dans la salle de l'étoile. Jean regarde sa montre.

— À l'école, l'inventeur m'a juré que le produit se répand à grande vitesse et que son effet est fulgurant. La molécule est instable: après cinq minutes, elle devient inoffensive.

Dix minutes s'écoulent, après quoi Jean estime qu'ils peuvent entrer sans danger. Au centre de la grande salle, un homme repose sur le sol. Près de lui, au garde-à-vous, se tient un robot métallique dont l'apparence imite celle d'un soldat. Ils approchent; la personne étendue se révèle être Bolte. Jean tire un flacon de son sac à dos et en fait renifler le contenu au chef du village. Lorsque l'homme se réveille, Jean lui demande:

— Où est-elle? Où est Katjanpaula?

— Un instant, jeune homme. J'ai un mal de tête épouvantable.

— Où est Katjanpaula? répète le Terrien.

— En lieu sûr. Je l'ai confiée à une famille, des amis.

— Elle va bien?

— Je dois t'avouer que son état m'inquiète. Elle boit un peu mais refuse toute forme de nourriture. Elle me semble dépressive.

— C'est normal, dit Jean, rassuré. La nourriture doit être imprégnée de mon odeur pour qu'elle l'accepte. Alors, vous avez réussi à vous évader?

— Après ton départ, mes hommes sont intervenus et m'ont délivré. Par la suite, le Noir m'a parlé. Il m'a dit de me rendre à la salle de l'étoile le plus rapidement possible. Le Noir m'a affirmé que tu étais de retour sur la planète et que je pourrais te rencontrer à cet endroit. À la place, je suis tombé sur ce robot. Aide-moi à me relever.

Une fois debout, Bolte aperçoit Calv qui examine l'automate.

— Il est là, lui aussi. Un revenant dans tous les sens du terme. Vous nous aviez bien dupés l'année dernière avec la soi-disant mort de ton ami. C'est quand nous avons examiné le cercueil de Calv que nous avons tout compris.

Le grand prêtre se tourne vers Jean et remarque que le garçon a perdu ses cheveux.

— Mais... que t'est-il arrivé, jeune homme? Tu es devenu chauve.

— C'est temporaire, fait Jean, mes cheveux vont repousser. Et les envahisseurs?

— Les soldats ont quitté le village et ils ont laissé cette machine. Peut-être pour nous surveiller? Je ne sais pas. J'ai tenté de lui parler, mais on ne peut pas dire qu'il a beaucoup de conversation. Ensuite, j'ai perdu connaissance.

— Il n'est pas ici pour vous surveiller, intervient Calv. D'après moi, la bombe, c'est lui. Jean, donne-moi le traducteur binaire. J'ai repéré une interface à la base du cou: nous allons tenter d'interroger le cerveau électronique de ce robot.

Jean déniche l'objet, une plaquette noire et rectangulaire, et la tend à son ami. Calv appuie sur un bouton et le visage de Belk apparaît sur un petit écran. Calv explique:

— Il ne s'agit pas du vrai Belk. Nous sommes trop éloignés pour être en contact avec l'ordinateur de l'école. C'est tout au plus une image de référence. Ceux qui l'ont programmé auraient pu aussi bien mettre mon faciès, ce qui, à mon humble avis, aurait été une nette amélioration à ce pantin informatique.

Le lézard appuie sur une autre touche de l'appareil et procède à certains ajustements.

— Voilà, je l'ai réglé pour qu'il s'exprime en français. Nous comprenons tous cette langue.

— Bonjour Calv, fait Belk. Comment puis-je t'aider?

— Tu vas engager une conversation avec un robot. L'interface est de type infrarouge. Attention! Nous le soupçonnons d'être porteur d'une charge nucléaire.

— Très bien, branche-moi.

Calv installe le traducteur binaire sur le robot et attend.

— Est-ce que se sera très long? s'informe Bolte, nerveux.

— Aucune idée, répond le reptile. Tout va dépendre du système qu'utilise cette machine pour penser. Cela peut aussi bien prendre deux minutes que deux jours.

Un point lumineux rouge clignote sur le traducteur.

— Déjà! s'exclame Calv. Eh bien, il n'a pas grand-chose dans le ciboulot, notre ami.

Le lézard enlève le traducteur. Jean et Bolte s'approchent pour saisir les propos de Belk.

— Tu as tout à fait raison, Calv, ce robot est une bombe. Il explosera dans exactement quinze heures sidérales. Ce qui donne, en temps de Tiäne, douze heures, seize minutes.

— Il t'a expliqué la raison de ce délai? questionne Jean.

— D'après les informations recueillies, le Hatg est toujours en orbite autour de cette planète. Celui Qui Voit affirme qu'un croiseur ennemi les recherche. Le seul moyen de lui échapper est de décréter un silence radio et de couper, à bord et sur la planète, toute manifestation capable de trahir leur présence. Donc pas question de déclencher des explosions atomiques tant que le danger ne sera pas écarté: soit quinze heures sidérales. Pourquoi quinze? Je ne sais pas. Cela ne semble reposer sur aucune donnée logique. Le robot m'a paru très préoccupé par cette question, lui aussi.

— Et les charges? demande Calv. Peut-on les désamorcer?

— Oui, par un code composé de deux mille trois cent cinquante chiffres. Seul Celui Qui Voit connaît le nombre. Détail intéressant: ce code est valable pour tous les robots installés dans les autres villages de la planète. Il vaudrait peut-être la peine de leur communiquer cette information. Voilà, c'est tout ce que j'ai pu extraire du cerveau de cette machine. Je vous recommande de vous éloigner le plus possible de cet endroit ou de rapporter le code pour désamorcer la bombe.

Calv ferme l'appareil et le remet à Jean. Leurs regards se tournent vers Bolte pour connaître sa réaction. Le chef du village est pâle comme un fantôme. D'une voix tremblante, il déclare:

— Il faut évacuer. Il n'y a pas un instant à perdre: je donne des ordres tout de suite.

Bolte lève le bras gauche et s'adresse au bracelet attaché à son poignet. Le bijou dissimule un communicateur. Après avoir lancé un long message dans sa langue, il s'adresse à Jean et à Calv:

— Suivez-moi. Il faut descendre au niveau le plus profond. Sous le village, s'étend un réseau de galeries qui s'éloignent dans toutes les directions. Avec une bonne épaisseur de roc entre nous et la bombe, nous avons peut-être une chance.

Bolte fait un mouvement pour s'en aller mais Jean lui saisit le bras.

— Un instant. Nous sommes ici pour récupérer Katjanpaula. Avec une source d'énergie, nous sommes capables de retourner sur Tiäne.

Le chef du village dévisage gravement le Terrien. Jean devine très bien la pensée qui se cache derrière ce regard: «Et nous?» Le Fimien cligne des yeux.

— Une source d'énergie? Quelle sorte?

— J'imagine, répond Jean, que vous possédez une salle avec un bloc énergétique ou un réacteur quelconque.

— Oui, mais les envahisseurs ont truffé l'endroit de pièges mortels. Ils redoutaient un sabotage.

Jean suffoque. C'est impossible. Il doit bien avoir un moyen pour s'évader de cette planète. Il insiste:

— Tu es sûr, des pièges?

— Oui, des trucs raffinés, sans explosif, mais très efficaces. Vous pouvez tenter de les neutraliser. Moi, j'y ai perdu trois hommes. À vous de choisir.

Jean se tourne vers Calv.

— Qu'est-ce qu'on fait?

Le reptile soupire.

— C'est évident. Il faut aller sur le Hatg et rapporter le code. Décidément, ce n'est pas ma journée.

13

Le sanctuaire du Noir

Afin d'élaborer un plan d'attaque, le chef du village les invite à gagner ses appartements. Ils marchent jusqu'à un ascenseur et, une fois à l'intérieur, Bolte tape un code spécial sur le panneau de commande. L'appareil se met en branle pour descendre à toute vitesse.

— J'habite loin sous le village, explique le grand prêtre.

— Pourquoi? demande Jean.

— C'est là que le Noir me parle.

Le garçon et le lézard échangent un regard incrédule. Tous deux proviennent de cultures rationnelles et scientifiques. Ce type de discours à saveur religieuse n'a aucune emprise sur eux.

Les passagers sont arrivés et les portes s'ouvrent sur des ténèbres épaisses. Bolte avertit:

— Nous avancerons sur une passerelle étroite aux nombreux détours. Un faux pas et vous tombez dix mètres plus bas sur des rangées de pics acérés. Le Noir exige de ses fidèles une confiance absolue. Croyez en lui et il vous guidera au sein de la nuit. Croyez en lui et vous survivrez. Jean, tu tiens ma main. Calv, tu prends celle de ton ami. Vous allez entendre des voix familières. Elles vont chercher à vous attirer dans leur direction ou à vous faire peur. Ne les écoutez surtout pas.

Le groupe amorce sa progression avec lenteur. L'obscurité est totale. Le son de leur pas retentit avec un écho caverneux. Ils marchent, tournent à gauche, tournent à droite, sans aucune hésitation du grand prêtre. «Il connaît le chemin par cœur ou bien il possède une vision nocturne», pense le garçon.

— Jean! C'est moi, Catherine.

Le Terrien sursaute. Il a reconnu la voix de sa mère.

— Viens. Je suis là. Tout droit.

Troublé, Jean se souvient de la consigne donnée par Bolte et concentre son esprit ailleurs. De puissants hurlements retentissent. Des cris humains et animaux, comme si un effroyable carnage se déroulait autour d'eux, hommes contre loups. Cette fois, la peur force son passage à l'intérieur du garçon. Il lâche la main du grand prêtre et celle de son ami pour s'arrêter net. Un formidable bruit de galop éclate. Le Terrien a la vision d'un troupeau de bisons qui va déferler sur lui pour le piétiner avec ses sabots. Malgré l'obscurité, Calv agrippe le sac à dos de son copain et parvient à lui saisir un bras. Grâce à sa puissante prothèse et à son poids supérieur, il immobilise le garçon. Le reptile crie: «Calme-toi Jean! Je les entends, moi aussi.» C'est alors que Bolte intervient: le garçon sent deux paumes chaudes se poser sur son visage. Étrangement, le contact a pour effet de le tranquilliser. Le son meurt et Jean entend la voix de Bolte lui murmurer:

— Tout est illusion. Seul le Noir existe. Maintenant, reprends ma main et celle de ton ami. Nous sommes presque arrivés.

Jean obtempère et suit docilement le grand prêtre. Quelques minutes plus tard, le groupe fait halte.

— Nous sommes devant les portes du sanctuaire, fait Bolte. Baissez votre tête et purifiez votre esprit de toutes pensées mauvaises.

Le Noir vous accueille dans sa demeure. Soyez respectueux.

Des gonds rouillés grincent et le trio pénètre dans un nouvel espace aussi obscur que le précédent.

— Jean, tu peux laisser ma main. Nous sommes en sécurité ici. Ne bougez pas.

— J'ai une lampe de poche dans mon sac à dos, suggère le Terrien.

— Dans cette salle, elle ne fonctionnera pas, comme elle n'aurait été d'aucune utilité sur la passerelle.

Bolte s'éloigne avec un bruit de pas étouffé. Tout à coup, le chef du village apparaît, sa silhouette nappée dans une étrange phosphorescence verte. Le grand prêtre est assis sur un trône surélevé de quelques marches.

— N'oubliez jamais, dit-il d'une voix solennelle, la lumière est un cadeau du Noir. Parlez au Noir, son écoute est attentive. Des mots de sang, d'espoir, d'amour ou de mort. Il les recevra tous et ne vous jugera jamais. Vous êtes nés du Noir et vous retournerez vers le Noir.

Bolte fait une pause et déclare:

— C'est de cette manière que je reçois mes fidèles. Mes quartiers sont à l'arrière. L'électricité fonctionne dans cette partie du sanctuaire.

La silhouette lumineuse se lève, descend du trône et amène les deux amis vers une porte au fond de la salle. Sans savoir pourquoi, Jean imagine une suite luxueuse, des chambres bourrées d'objets précieux et rares. Une lumière s'allume et le chef du village leur présente une grande pièce au décor sobre et banal: quelques meubles anciens, de grandes étagères avec du matériel électronique et une longue table de travail.

— Nous avons besoin d'une prise électrique, lance Calv.

Bolte pointe du doigt un comptoir qui doit servir à préparer les repas.

— Là. Vous pourrez mieux travailler.

— Très bien. Jean, prend le traducteur binaire et calcule le temps nécessaire pour charger ton corps. Je branche la plaque et le tapis.

Jean obéit et entre les données sur le petit appareil. Belk donne rapidement la réponse: une heure, douze minutes.

— C'est long, commente Calv. Et pour revenir sur Tiäne?

Le Terrien refait l'opération avec la nouvelle destination.

— Quarante-huit heures, vingt-six minutes. Nous n'avons vraiment pas le choix d'aller sur le Hatg.

— En effet. Maintenant enlève tes souliers et approche.

Calv a déposé la plaque sur le comptoir et le tapis sur le sol. Jean s'installe et demande:

— Tu es sûr que ça fonctionne? Je ne ressens rien du tout.

— Oui. Le courant circule. J'ai vérifié. Je t'apporte une chaise, car tu en as pour un bon moment.

Jean s'assoit, prêt à prendre son mal en patience. Bolte parle à son bracelet, affairé à transmettre de nouveaux ordres. Quand il a terminé, Jean dit:

— Tu peux partir. Dès que mon corps sera chargé à capacité, Calv et moi, nous nous téléporterons d'ici. J'imagine que tes gens ont besoin de toi.

— Non, je reste avec vous jusqu'à la dernière minute. Qui sait? Je peux vous être encore utile. À propos, Katjanpaula se porte bien. Elle va être évacuée en lieu sûr, n'ayez crainte.

— Merci.

Calv prend la mallette noire, l'ouvre et en retire un cahier bleu. Il se tourne vers Jean et lui demande:

— Si ça ne te dérange pas, j'aimerais lire les notes de Xède. Sur Tiäne, j'avais commencé. Cela m'aidera à passer le temps.

— Aucun problème.

Bolte montre au lézard un gros fauteuil recouvert de cuir.

— Tu peux le prendre, si tu veux. Tu seras plus confortable.

Calv fait non de la tête.

— Désolé mais nous, les lézards, préférons les surfaces dures. Je vais plutôt m'asseoir par terre, dans un coin.

— Très bien. Moi, je tiendrai compagnie à ton ami.

Bolte prend une chaise et se place en face de Jean. Le garçon remarque qu'un pli soucieux barre le front du grand prêtre. Il interroge:

— Tu es inquiet pour le village?

— Je pense à mes concitoyens. C'est mon rôle. Je me demande surtout de quoi sera fait l'après-explosion. Comment allons-nous survivre dans un environnement radioactif?

— Tu parles comme si notre mission allait échouer.

— Je dois envisager toutes les possibilités. Crois-moi, je souhaite de tout cœur que vous récupériez le code.

Le garçon décide de changer de sujet:

— Tu me sembles différent des villageois. Physiquement, je veux dire.

— Oui. J'ai été kidnappé par les Fimiens. J'étais dans la vingtaine. Je travaillais dans les mines sur un énorme appareil, une foreuse à tunnel. Les conditions de travail étaient épouvantables, le salaire médiocre. Au début, j'acceptais mal d'avoir été arraché à ma planète natale. Je ne collaborais pas. Je refusais d'accomplir les tâches exigées de moi. Je cherchais à m'évader. Puis, j'ai compris qu'on me demandait seulement d'exécuter une heure ou deux de forage par jour. Le reste de mon temps m'appartenait. Ici, j'ai découvert le sens du mot liberté, accomplir des choses comme on le veut et quand on le veut. Fini les quarts de travail interminables, les ordres aboyés par un contremaître mal embouché et la colère sourde de mes compagnons de travail, emmurés dans leur frustration quotidienne. J'avais une passion pour l'électronique. Je me suis monté un atelier. Je réparais toutes sortes d'appareils. Je rendais service et les Fimiens m'appréciaient. Un jour, je suis entré dans mon domicile, j'ai regardé autour de moi et je me suis dit: «Je suis chez moi.»

— Comment es-tu devenu grand prêtre?

— Je me suis lié d'amitié avec un vieux Fimien du nom de Toguèle. Il était le chef religieux et civil de la communauté. Il savait que son heure approchait et il m'a convaincu de prendre sa place. Il y aurait une épreuve mais il était persuadé que je la passerais haut la main. Le grand prêtre est mort et j'ai posé ma candidature.

— De quel genre d'épreuve s'agissait-il?

— Les Fimiens m'ont descendu dans un puits très profond et étroit avec de l'eau et de la nourriture. Ils ont bouché l'ouverture. Je devais attendre que le Noir me parle. Le Noir dirait un mot ou une phrase, je donnerais un signal et les villageois me sortiraient du trou. Une fois dehors, je leur révélerais en grande pompe le message confié par le Noir. Mon rôle d'intermédiaire avec la divinité serait de cette manière confirmé.

— C'était facile de tricher. Tu pouvais dire n'importe quoi et affirmer par la suite que le Noir te l'avait soufflé.

— J'ai raisonné de la même manière que toi. J'avais donc préparé un petit boniment à réciter après ma sortie. J'ai attendu quelques heures, puis j'ai averti en haut que ma conversation avec le Noir était terminée. Ils m'ont remonté mais, dès qu'ils m'ont aperçu, ils m'ont rapidement redescendu en bas.

— Mais pourquoi?

— Le vieil escogriffe avait omis de préciser qu'un signe spécial allait se produire quand j'émergerais du puits. Je suis donc retourné dans les ténèbres. J'y suis resté un mois entier à délirer, avec des bestioles horribles qui se promenaient sur ma peau. Je basculais lentement dans la folie, j'hallucinais. J'entendais des voix et j'étais persuadé que le Noir me parlait. Je hurlais des mots, je faisais le signal mais personne ne me remontait. Ils se contentaient de me descendre les vivres par une corde. Je ne mangeais plus et j'étais devenu très faible. Puis le Noir m'a parlé.

— Qu'est-ce qu'il t'a dit?

— Il m'a dit que, si je voulais remonter en haut, je devais aller plus bas.

— Plus bas?

— Oui. Je me suis mis à creuser le sol avec mes mains comme un désespéré. J'ai fait un trou et j'ai trouvé une boîte en métal, fermée de manière hermétique pour éviter l'humidité. Je l'ai ouverte et j'ai découvert une bougie avec des allumettes.

— La lumière est un cadeau du Noir.

— En effet. Je l'ai allumé et j'ai vu une phrase écrite à la peinture rouge sur une des parois du puits. Les mots étaient les suivants:

«Je suis toi.» J'ai fait le signal. Cette fois, ils ont réagi. Quand je suis remonté en haut, mon corps brillait de la phosphorescence que vous avez vue tout à l'heure. J'ai dit la phrase et je suis devenu le nouveau grand prêtre de Fime.

Jean se tait. Il se demande quoi penser de cette histoire. Il ne veut pas choquer son hôte par une attitude trop sceptique, mais il se risque à dire:

— As-tu pensé à une explication rationnelle? Je veux dire, le vieil homme a sans doute enterré la boîte et peint l'inscription. Il a informé ses fidèles du contenu de la phrase et leur a ordonné de te laisser moisir un mois dans le puits.

— Après coup, j'ai échafaudé toutes sortes d'hypothèses: de la suggestion hypnotique à la théorie du hasard objectif. Pour la lumière qu'émet mon corps, j'ai songé qu'un insecte m'avait piqué et avait provoqué une mutation quelconque ou bien que la bougie en se consumant avait répandu un produit chimique spécial sur ma peau. Ce qui est troublant, c'est que je possède un contrôle sur la lumière que dégage mon corps, comme vous avez pu le constater tout à l'heure. Le Noir me parle. Il m'a informé de ton arrivée. Qui est-il? Que veut-il? Je l'ignore. Il protège les Fimiens. Il n'est peut-être pas une entité divine. Peut-être s'agit-il d'un être issu d'une autre dimension ou d'une puissance qui habite les profondeurs du sol. Il existe tellement de choses qui dépassent notre entendement. Mais assez parlé du Noir, dis-moi, après ton départ avec les soldats, que s'est-il passé?

Jean raconte à nouveau son aventure. Quand il a terminé son récit, Bolte dit:

— Quel sort affreux: être transformé en arme vivante. Les lokas ont beaucoup souffert. J'ai de la compassion pour eux.

Calv interrompt sa lecture pour lancer à ses compagnons:

— Je viens de lire quelque chose de très intéressant dans les notes de Xède.

— Intéressant? répète Jean qui connaît trop bien le goût du lézard pour les «expériences».

Calv brandit les notes de Xède.

— Messieurs, j'ai découvert ici le moyen de nous débarrasser du Hatg pour de bon. Vous savez, obtenir le code ne sera qu'une solution temporaire. Si les Cadénans détectent les traces de notre passage sur le vaisseau, ils risquent de réactiver à distance leurs robots-bombes et tout sera à recommencer.

Jean affiche une mine découragée.

— C'est déjà assez compliqué comme ça, non? Monter à bord du vaisseau, dérober le code et revenir, c'est une chose. Mais le détruire en plus!

— Calme-toi, Jean. J'avais un autre plan en tête. Nous allons expédier le vaisseau dans l'espace-temps. Regardez.

Calv attire la mallette vers lui et en retire des plaquettes d'une matière grise et molle recouvertes d'un papier cellophane. Il en prend une et en enlève l'emballage. Le lézard roule le produit entre ses mains de manière à façonner une grosse boule.

— Et voilà! On en fabrique deux autres, on les place dans des recoins stratégiques du vaisseau. On entonne une certaine mélodie et adieu! Plus de vaisseau. Il est projeté dans l'espace-temps. Qu'est-ce que vous en pensez?

Jean et Bolte affichent un air incrédule.

— Voyons! s'offusque Calv. Où est le problème?

Jean répond:

— La mélodie, il va bien falloir être présent pour la chanter. Nous allons disparaître avec le vaisseau.

— Mais non! fait Calv. J'ai tout prévu. À l'aide du traducteur binaire, je peux créer un programme qui va transformer Celui Qui Voit en ténor. Dès que l'ordinateur aura détecté notre départ à bord, il se mettra à chanter.

Bolte demande:

— Quand les envahisseurs auront compris de quelle manière leur vaisseau a été téléporté, peuvent-ils utiliser les boules à nouveau pour revenir à leur point de départ?

— Elles ne pourront servir qu'une fois. Leur tâche accomplie, elles tomberont en poussière. D'après les notes de Xède, il suffit d'intégrer à leur masse quelques gouttes d'un produit que notre ami a eu la bonne d'idée de placer dans la mallette.

Jean réfléchit, il cherche une faille dans l'exposé de Calv. Le plan lui semble tiré par les cheveux, mais il n'a rien à redire. À contrecœur, il déclare:

— On peut toujours essayer.

— Je vous accompagne, lance Bolte. J'ai de l'expérience dans ce genre d'expédition. N'oubliez pas, les Fimiens sont des experts dans l'art de passer inaperçu. J'ai ici plein d'équipements que nous pourrons utiliser pour notre mission.

Calv applaudit.

— Merveilleux, Bolte. Toi et ta barbe m'impressionnez.

Le lézard jette un regard de convoitise sur le collier de poil qui dissimule le visage du chef du village. Déconcerté, Bolte se tourne vers Jean.

— Qu'est-ce qu'elle a d'extraordinaire, ma barbe?

Jean hausse les épaules.

— Rien. Mais, à ta place, je la mettrais sous clé.

Le signal électronique de la mallette retentit.

— Pas encore! chigne Calv.

— Tu t'en occupes, fait Jean. Moi, je suis cloué à cette chaise.

— Très bien, très bien, abdique le lézard sur un ton de dépit.

Les boules installées, un objet se matérialise. Calv se penche pour l'examiner.

— Alors? demande Jean qui ne peut voir d'où il est assis.

— Bof, c'est un tableau.

— Un tableau? Vite, montre-le.

Avec mille précautions, Calv prend la toile et la tend à bout de bras comme s'il redoutait un corps à corps avec l'objet. Jean examine l'image, il reconnaît un lézard de Tiäne, un lézard orange. L'individu est debout avec pour décor une luxurieuse végétation tropicale. Sur sa tête est juché un extravagant chapeau haut et étroit. Dans un coin du tableau, l'artiste a laissé sa signature: Xède. Excité, Jean dit à Calv:

— Xède a peint la toile. Il était artiste en plus.

— En plus de nous compliquer la vie, rétorque le reptile.

— J'espère que tu as deviné qui est représenté sur cette toile.

— Oui. Sa majesté. Elle nous suit partout. Pas moyen de s'en débarrasser. Si ça ne te dérange pas, je mets cette croûte à la poubelle.

— Pas question, s'insurge Jean. Je la garde, c'est un souvenir de Xède.

— Très bien.

Calv laisse tomber la toile par terre et part s'installer à l'écart sur un fauteuil. Il prend le traducteur et déclare sur un ton pincé:

— J'ai un programme à préparer. Ne me dérangez surtout pas.

Bolte se lève, ramasse le tableau et souffle dessus pour enlever la poussière. Une fois la toile rangée contre un mur de la pièce, il vient se rasseoir près de Jean.

— Qu'est-ce qu'il a? demande-t-il à voix basse.

— Il est comme ça, ça va passer. Bolte, j'aurais une faveur à te demander.

— Laquelle?

— Il est hors de question d'amener la mallette avec nous sur le Hatg. Est-ce que quelqu'un pourrait s'en occuper pendant mon absence?

— Oui, j'ai un ami. Il ne peut rien me refuser; je lui ai sauvé la vie. Tu lui donneras les instructions nécessaires.

— À la limite... est-ce que... serait-il possible...

Bolte coupe Jean:

— J'ai compris. Tu veux lui refiler la mallette si tu ne reviens pas. N'est-ce pas?

— Oui, c'est ça.

— Tu lui demanderas. Je ne peux répondre à sa place. J'espère que tu vas être convaincant. Mais comme je le connais, tu as des chances; c'est un cœur vaillant.

— Merci.

— Bon, je te laisse. Je dois préparer notre expédition.

Bolte se lève et fouille dans les étagères en quête d'objets utiles pour leur mission. Le regard de Jean revient au tableau. Curieusement, il a l'impression que Xède est tout près. Un peu comme s'il n'était pas vraiment mort. Jean murmure:

— Ton œuf, Xède, on le ramènera. Si ce n'est pas moi, ce sera quelqu'un d'autre. Je te le promets.

14

Celui qui murmure

— Je... vous... vois... Je... vous... vois...

Ils sont téléportés à bord du Hatg. Plus précisément au laboratoire où Jean a connu les affres d'une sonde mentale. La pièce baigne dans une faible lumière. Pas d'ennemi en vue. Comme Jean l'espérait. «Ils ne doivent pas avoir des clients tous les jours», avait-il dit aux autres pour justifier ce point d'arrivée.

— Je... vous... vois... Je... vous... vois...

L'ordinateur s'exprime d'une voix faible, avec un ton saccadé. Jean respire avec gêne. L'air lui semble lourd et vicié. Calv en fait la remarque:

— Curieux. Ils éprouvent de sérieux problèmes à régénérer l'atmosphère. À moins que... Vous vous rappelez? Celui Qui Voit s'imagine traqué par un vaisseau hostile. Alors il rogne sur certaines fonctions pour diminuer sa consommation d'énergie. De cette manière, il sera plus difficile aux sondes ennemies de le détecter.

— Tu penses? interroge Jean.

— Pourquoi pas? Avec un air vicié, l'équipage n'a pas le choix de limiter ses activités. À l'heure actuelle, ils doivent tous être étendus sur leurs couchettes à chercher leur souffle. L'ordinateur les force à se tenir tranquilles. C'est un avantage pour nous. Nous risquons moins de rencontrer des soldats en balade dans un corridor. Par contre, nous aussi allons être affectés par le phénomène. Il faudra donc quitter les lieux le plus rapidement possible.

— J'en ai bien l'intention, réplique Jean.

— Moi aussi, approuve Bolte.

Le chef du village a troqué sa longue robe pour une combinaison moulante de couleur noire. Jean en porte une semblable. Calv, lui, demeure au naturel: aucun vêtement ne convenait à son corps de reptile. Tous les trois portent un sac à dos et une ceinture où pendent divers instruments. Un petit écouteur dissimulé dans l'oreille et un micro attaché près du cou complètent l'ensemble. Sauf pour Calv: en fouillant, Bolte lui a déniché un casque émetteur-récepteur qui s'accroche mieux à la forme particulière de son crâne.

Bolte montre une porte du doigt.

— Elle donne sur le corridor?

— Oui, répond Jean. Mais elle est verrouillée. Pour l'ouvrir, ils utilisent un code numérique.

— Très bien. Calv, vérifie avec ta prothèse si des gens circulent dehors.

— J'y cours.

Le lézard applique sa main mécanique sur les panneaux coulissants. Après quelques secondes, il déclare:

— Rien. Ils doivent être tous au lit.

Bolte prend un instrument attaché à sa ceinture. L'objet ressemble à un bon vieux tournevis terrestre. L'homme s'installe devant la plaque numérique qui commande l'ouverture de la porte. Jean et Calv entendent un bruit sec: c'est Bolte qui vient d'arracher la plaque du mur. Avec des ciseaux spéciaux, il coupe des fils de couleurs différentes et les raccorde. La porte s'ouvre.

Incrédule, Jean demande:

— Pas plus compliqué que ça?

Bolte sourit.

— Pas plus compliqué que ça.

Jean fait signe à ses compagnons de le suivre. La cabine de l'amiral Gaudi n'est pas très loin, à peine une centaine de mètres. Dans le corridor, l'éclairage, lui aussi, est réduit au minimum. Ils progressent lentement. «Ne jamais se précipiter, ne jamais courir, leur a conseillé Bolte. Vous êtes la nuit qui marche, l'ombre qui respire.»

Ils arrivent à la cabine. Calv sonde la pièce avec son détecteur sonore.

— Pas d'amiral. Nous pouvons entrer, conclut-il.

Bolte inspecte la porte, puis il réfléchit quelques secondes.

— À gauche ou à droite? dit-il tout haut.

Bolte jette son dévolu sur le mur à droite de la porte. Avec un ruban spécial, il se livre à quelques mesures rapides sous les regards intrigués de Calv et de Jean. Le Fimien a trouvé la zone qui l'intéresse. À l'aide d'un crayon, il trace une marque. Puis il détache de sa ceinture un petit marteau et un long clou. Avec application, il positionne le clou, donne un coup de marteau et la porte s'ouvre. Épaté, Calv déclare:

— Je n'en reviens pas! Toute cette technologie! Tous ces systèmes de sécurité sophistiqués! Un pauvre clou et le tour est joué. Incroyable!

Bolte hausse les épaules.

— Il suffit juste d'utiliser le bon outil. Je dois vous avertir: je viens de bousiller le système de contrôle de la porte, elle va donc rester ouverte. Si un ou des soldats passent devant la cabine, le fait risque d'attirer leur attention. Je vous conseille de vous occuper de l'ordinateur; moi, je resterai près de la porte pour surveiller l'extérieur.

— Très bien, fait Jean.

Dans la cabine, c'est le noir total. Caprice de l'ordinateur? Vengeance personnelle? Celui Qui Voit a décidé que ce lieu serait privé de toute lumière. Jean et Calv sont forcés d'utiliser leur lampe de poche.

— Où est Celui Qui Voit? demande Calv.

— Derrière le mur du fond, répond le Terrien. Sur le bureau se trouve une commande pour faire coulisser les panneaux. En espérant qu'il n'a pas coupé l'énergie là aussi.

Jean pense avoir repéré le bon bouton. Lorsqu'il appuie dessus, le mur bouge et le grand écran apparaît.

— Je... vous... vois... Je... vous... vois...

Le traducteur à la main, Calv cherche une interface. Sa lampe de poche éclaire un panneau de contrôle sur le côté gauche de l'écran. Le reptile ouvre une petite porte de métal et émet un grognement de satisfaction.

— Bénie soit la vieille technologie. Je connais ce type d'interface: aucun problème. J'installe le traducteur binaire. Voilà, c'est fait. Il faut attendre, maintenant.

Les minutes s'étirent, angoissantes. Jean murmure dans son micro:

— Alors, Bolte? Tout va bien?

— Rien à signaler, répond l'homme. Et vous?

— Belk s'active. En cas d'échec, il doit nous avertir rapidement.

— Tant mieux. Je souffle comme une baleine. L'air me semble de plus en plus vicié.

— Je sais. J'ai un mal de tête affreux. Bon, je vous laisse.

— D'accord.

Après vingt longues et mortelles minutes, le voyant rouge clignote sur le traducteur. Le reptile détache l'appareil. Jean s'approche, anxieux de connaître le résultat des efforts de Belk.

— J'ai le code, déclare le reptile virtuel, mais cela n'a pas été facile. Le programme thérapeutique n'a pas fonctionné comme je l'espérais. L'ordinateur conserve le contrôle du vaisseau. Par contre, j'ai pu négocier l'accès aux systèmes de communication. Je me suis empressé de transmettre le code aux robots dispersés dans les villages. Ils ont l'ordre de gagner la surface et de s'éloigner le plus possible des zones habitées. J'ai aussi lancé le programme mis au point par Calv. Vous pouvez passer à la deuxième partie de la mission. Avant de quitter, une dernière information. Elle peut se révéler utile. L'amiral Gaudi a provoqué la folie de Celui Qui Voit. Simplement à cause d'un ordre donné en priorité absolue: inventer un moteur hyperespace. Avec ce type de propulsion, l'amiral espère rendre le vaisseau aussi rapide que les arbres noirs. Celui Qui Voit doit utiliser toutes ses ressources mentales pour réaliser ce projet. Il parvient à fonctionner quand l'équipage est plongé en hibernation. En état de veille, c'est beaucoup trop lui demander. Ses circuits sont débordés par toutes les tâches nécessaires pour maintenir les fonctions vitales de trois mille personnes. D'où la phrase obsédante: «Je vous vois... Je vous vois». L'ordinateur exprime son désir de ne «plus les voir» et de retourner à sa tâche prioritaire: l'invention du moteur. Je le soupçonne de nourrir une haine inconsciente envers l'amiral, amplifiée par un fort sentiment de persécution.

Jean intervient:

— L'amiral disait ne rien savoir de ce qui troublait son ordinateur.

— Il mentait. Il ne voulait pas trop en révéler à toi, l'ennemi.

— Et l'ordinateur? demande Jean. Il a trouvé le fameux mode de propulsion?

— Il en est très près. Ils ont même fabriqué des prototypes à bord. Des missiles qui peuvent voyager dans l'hyperespace. Jamais aussi rapide que les arbres noirs, mais une nette amélioration sur ce qu'ils utilisent actuellement.

Calv s'adresse au traducteur :

— As-tu d'autres informations à nous donner?

— Non.

— Alors, deuxième partie. Je te remets en contact avec Celui Qui Voit et tu nous guides dans le vaisseau.

— D'accord et bonne chance.

15

Le réveil

— Maintenant, tu prends le couloir à gauche. Plus loin, tu verras un ascenseur: tu montes à bord et tu descends au niveau douze. Je me charge de t'ouvrir les portes.

Jean obéit à Belk. La voix de l'ordinateur a un effet rassurant sur lui. Elle lui permet d'oublier qu'il avance seul en plein territoire ennemi. Grâce au système de surveillance interne du Hatg, Belk peut suivre pas à pas les pérégrinations de Jean, Calv et Bolte.

Jusqu'ici, tout se déroule bien. L'équipage dort ou a vidé les lieux. Le seul problème: l'air vicié. Jean doit s'arrêter régulièrement pour faire une pause. Il respire bruyamment et sa tête tourne. Heureusement, il arrive près du but.

Il grimpe dans l'ascenseur. L'appareil se met en branle et atteint rapidement le niveau douze. Les portes coulissent et Jean met les pieds dans un corridor qui ressemble à tous les autres : déserté et sombre. Dans son écouteur retentit la voix de Belk:

— Très bien. Prend la gauche et va au bout du couloir.

Jean marche dans la direction indiquée. Il aperçoit une écoutille.

Belk reprend la parole:

— Pour ouvrir, il suffit de tourner le volant devant toi.

Jean fait un essai. C'est un échec.

— Belk. Je ne suis pas assez fort pour débloquer la porte.

— Repose-toi un peu. C'est la qualité de l'atmosphère qui gruge tes forces.

— D'accord.

Après quelques minutes de repos, Jean est prêt pour un deuxième essai. Cette fois, ça marche.

Belk avertit:

— Fais attention! C'est un puits. Il y a une échelle à même le mur: tu descends.

Le Terrien sort de son sac à dos une lampe de poche de la dimension d'un stylo. Il éclaire vers le bas: le puits a l'air profond, mais l'échelle est bien là. La lampe entre les dents, le garçon amorce sa descente. Plus Jean descend, plus il fait chaud: une couche de sueur inonde son visage. Il entend un grondement sourd et perçoit une légère vibration. Jean touche le sol. Un corridor bas et étroit s'amorce devant lui.

— C'est encore loin? demande Jean.

— Non. Tu es près des réacteurs qui servent à propulser le vaisseau. Tu marches jusqu'à un panneau de commande.

Jean s'engage dans le couloir. À une centaine de mètres, il découvre sur un des murs le fameux panneau.

— J'ai trouvé!

— Très bien. Tu places la boule où tu veux, cela a peu d'importance. Un interphone relie cet endroit à l'ordinateur. Le chant se rendra donc.

Jean sort de son sac la boule recouverte d'un plastique transparent. Jean déballe la masse gluante et la fixe au plafond. L'opération terminée, il rebrousse chemin.

— Allô! J'appelle Calv et Bolte. Mission accomplie. Et vous?

— Moi aussi, répond Bolte. Et toi Calv?

— Bof, ma boule est placée depuis longtemps. Je me promène, je fais du tourisme.

Charmant vaisseau, mais la décoration laisse à désirer.

— Dans ce cas, fait Jean, on se rejoint à la cabine de l'amiral pour récupérer le traducteur. Terminé.

Il faut refaire le chemin à l'inverse. Les corridors se ressemblent trop: sans les indications de Belk, Jean pourrait errer ici indéfiniment. Il sort d'un ascenseur lorsque, tout à coup, une lumière crue inonde le couloir.

— Belk, qu'est-ce qui se passe?

— Je suis désolé, je n'ai aucun contrôle sur l'ordinateur. Le programme thérapeutique l'affecte mais d'une manière très étrange. Je peux vous guider pour l'instant, mais je risque de perdre l'accès au système de communication. Il va falloir vous hâter.

Le Terrien accélère le pas. Après quelques minutes, il traverse les corridors à la course. C'est alors qu'il réalise que l'air a changé: Jean est à peine essoufflé. Cela signifie que les soldats vont sortir de leur torpeur.

Brusquement, la voix de Belk s'éteint. Jean s'arrête, interdit. Où aller maintenant? Un bref sentiment de panique s'empare du Terrien. Il doit dominer sa peur, c'est une question de vie ou de mort. Tant bien que mal, il y parvient. Contacter les autres. Il peut le faire:

son communicateur est indépendant de celui du vaisseau.

— Calv? Bolte? Est-ce que vous m'entendez?

— Ici Bolte. J'ai perdu Belk.

— Ici Calv. Moi aussi.

La voix de ses compagnons fait renaître l'espoir chez Jean.

— Ici Jean. Est-ce que quelqu'un a une idée?

— Pas moi, répond Calv.

— Je sais, fait Bolte. Dans vos sacs à dos, cherchez un petit disque rouge. Appuyez quelques secondes au centre. Un signal radio sera émis en permanence. Grâce à lui, je pourrai vous retracer. Trouvez une cachette et n'en bougez plus. Une fois ensemble, nous dresserons un nouveau plan d'action. D'accord?

— D'accord, répond Jean.

— Pas de problème, enchaîne Calv.

Avec des gestes nerveux, le Terrien fouille dans son sac à dos. Une fois en possession du disque, il presse au centre de l'objet qui vire du rouge au vert. Il range le disque et fouille du regard les alentours en quête d'une cachette. Des portes, toutes fermées. Impossible de rester sur place. Plus loin, peut-être. Jean avance, attentif aux moindres sons. C'est alors qu'il remarque un changement dans le message de l'ordinateur:

— Je me sens mieux... Je me sens mieux... Je me sens mieux...

— Tu te sens mieux, murmure Jean. Moi, c'est plutôt le contraire.

Une puissante sirène retentit et fait sursauter le garçon. Un message suit:

— Attention! Étrangers à bord. Attention! Étrangers à bord!

Toutes les portes du corridor s'ouvrent en même temps. Des soldats en émergent, arme au poing. Jean lève les bras en signe de reddition.

* * *

Jean n'a opposé aucune résistance. On l'a fouillé, dépouillé de son sac à dos et de son appareil de communication. Il avance, solidement encadré par un groupe de soldats. L'amiral Gaudi va le recevoir.

En pénétrant dans la cabine, le Terrien entend:

— Jean, ils ne t'ont pas fait mal?

Calv a parlé. Bolte est là aussi. On les a poussés dans un coin de la pièce sous la surveillance de deux gardes armés.

— Non, ça va, répond Jean qui va les rejoindre.

Il remarque que la prothèse du reptile est en miettes. Un coup de laser sans doute.

— Encore toi? Je pensais t'avoir désintégré.

L'amiral Gaudi semble en furie. L'air mauvais, il arpente nerveusement la cabine.

— Que raconte cette enflure? demande Calv.

C'est vrai, Jean est seul à comprendre le langage utilisé par l'adversaire.

— Il n'est pas de bonne humeur.

L'amiral s'arrête et s'approche du groupe, menaçant.

— Tu vas traduire à tes amis. Leur tourment ne fait que commencer. Vous aller parler. Si les sondes mentales ne sont pas efficaces, nous possédons d'autres méthodes pour délier les langues. Je veux savoir ce que vous avez fait à l'ordinateur.

L'amiral brandit le traducteur binaire et le fracasse contre un des murs de la cabine. Jean transmet le message de l'amiral. Sur un ton agressif, Calv s'adresse à l'amiral:

— Pauvre cloche! Nous avons programmé l'autodestruction du vaisseau dans cinq minutes. Ce n'est pas vrai mais nous pouvons te faire peur nous aussi.

Jean ignore l'attaque verbale du lézard. Il opte pour la diplomatie.

— Vous devriez nous remercier. Votre ordinateur souffrait de maladie mentale. Nous l'avons guéri.

L'amiral Gaudi fixe Jean avec colère.

— Vous appelez ça guéri?

Il pointe du doigt l'écran au fond de la pièce. Un visage reptilien émerge d'un fond noir: c'est celui de Calv! Interloqué, Jean se tourne vers le lézard qui déclare:

— J'ai voulu lui donner un peu de personnalité. Ce n'est pas avec les traits insignifiants de l'amiral que l'ordinateur serait sorti de ses complexes.

Jean sourit.

— Calv, tu ne changeras jamais. Amiral, reprend-il, je tiens à vous assurer que personne n'est en danger à bord. Nous avons aidé votre ordinateur à faire le ménage dans ses priorités. Je vous conseille d'en faire autant.

L'amiral éclate:

— Vous ne comprenez rien! Je suis un soldat, j'ai une mission! Je dois...

Une voix tonitruante interrompt l'amiral. Une voix qui hurle une mélopée étrange. Celui Qui Voit chante, et les accents vindicatifs de cette musique parcourent le vaisseau en entier. Le volume augmente et Calv doit crier à Jean pour se faire comprendre.

— Qu'est-ce qui lui prend? Il est supposé attendre notre départ.

Le corps de Jean réagit aux décibels de l'ordinateur. Une chaleur déferle sur sa peau, ses membres s'alourdissent. Jean comprend: son corps absorbe l'énergie produite par les vibrations sonores. Il hurle à ses amis:

— Accrochez-vous à moi! Je sens que je vais me téléporter.

Jean ferme les yeux et visualise la chambre de Bolte sur Bridaine. Le noir envahit sa tête et tous les trois chutent dans l'obscurité.

Le Terrien ouvre les paupières et, soulagé, constate qu'ils sont bel et bien en sécurité dans les quartiers du grand prêtre. Calv exulte:

— Pauvre cloche d'amiral! Tu pensais bien nous avoir à ta merci. Comme j'aimerais voir ta tête d'ahuri.

— Ce n'est rien, rajoute Jean. Imagine sa rage quand il découvrira que le Hatg flotte au milieu de nulle part.

— Ne chantez pas victoire trop vite, intervient Bolte, le visage soucieux. Il faut d'abord vérifier si notre plan a fonctionné.

Le grand prêtre marche vers sa table de travail et active un appareil électronique.

— Avant de me faire prendre, explique-t-il, j'ai dissimulé un émetteur à bord du vaisseau. Si le signal nous parvient, cela signifie que les envahisseurs sont toujours en orbite autour de la planète.

Les compagnons écoutent, mais le récepteur ne diffuse qu'un faible bruit de parasites. Bolte sourit.

— C'est la bonne fréquence. Je pense que nous pouvons nous réjouir.

Les amis laissent éclater leur joie et se serrent la main. Puis le calme revient et Jean demande:

— Et maintenant?

Calv répond:

— Prépare-toi à passer quarante-huit heures et vingt-six minutes vissé sur une chaise. Tu dois recharger ton corps en énergie pour le retour. Je dois t'avouer que rien ne me fera plus plaisir que de fouler le sol de cette bonne vieille Tiäne.

— Moi aussi, soupire le Terrien.

Jean s'adresse à Bolte:

— J'aimerais voir Kat. Est-ce que c'est possible?

— Aucun problème, mon garçon répond le grand prêtre. Je vais m'arranger pour vous installer le plus confortablement possible avec de la nourriture et des distractions. Je ne crois pas qu'on vous dérange beaucoup. Mes concitoyens et moi avons beaucoup de choses à faire pour remettre le village en état.

— Merci, dit le Terrien.

— Non, c'est mon peuple qui vous remercie, toi et Calv. Pour toujours, vous serez sous la protection du Noir.

16

Les adieux

Par la fenêtre de sa chambre au deuxième, Jean jette un coup d'œil dehors. Il aperçoit un grand ciel bleu où naviguent paresseusement de petits nuages blancs; la journée s'annonce radieuse. «Ce sera parfait pour la cérémonie», pense le garçon, content. Il descend au rez-de-chaussée; sa mère est déjà prête. Pour l'occasion, elle a mis aux oubliettes les combinaisons moulantes et a revêtu une robe sobre de couleur noire. La veille, Jean a fouillé dans la garde-robe de son père et s'est trouvé un vieux complet bleu foncé. Les manches étaient un peu longues mais le garçon, de deux bons coups de ciseau, a réglé la question. Quant à Kat, comme d'habitude elle dort, nichée dans le kadi que porte Catherine. Il ne reste plus au Terrien qu'à prendre l'urne funéraire ainsi que la mallette noire et ils pourront partir.

Tous trois quittent la maison et s'engagent dans la forêt, guidés par le sentier qui mène au domicile de Xède. Quand ils arrivent, un salut bruyant les accueille; c'est Calv, là depuis longtemps. Le lézard s'est déplacé à bord d'un véhic-taxi qui attend près de la maison. Ensemble, ils montent l'escalier extérieur qui aboutit au toit. Sur la terrasse où le savant aimait méditer au soleil, la cérémonie peut maintenant débuter. Jean entreprend la lecture d'un texte de sa composition. Avec émotion, il évoque l'image du défunt, brossant le tableau d'un personnage à la fois étrange et attachant. Il termine par ces phrases: «Xède, tu es allé plus loin que n'importe qui. Tu as traversé l'espace. Tu as franchi la barrière du temps. Il te restait l'ultime randonnée, le passage du monde matériel à l'Au-delà. Je sais que ton esprit scientifique attendait ce moment avec curiosité. Ton âme d'explorateur entrevoyait sûrement un périple à la mesure de ta soif d'espace infini. Je te souhaite un bon voyage.»

Calv ouvre la mallette noire, y prend trois boules et les installe sur le sol de manière à former une figure triangulaire. Jean tient dans sa main l'urne funéraire contenant les cendres de Xède. Sur le vase de métal, il a pris soin de faire graver cette inscription dans la langue du disparu: «Xède, époux de Tama Première, spécialiste de l'espace-temps et inventeur, lézard orange, né et mort sur Tiäne pendant la période du quatrième millénaire, deuxième siècle de l'ère post-atomique de la planète.» Le Terrien lance l'urne à l'intérieur du triangle et celle-ci disparaît, téléportée hors des frontières de la galaxie pour flotter à la dérive dans l'espace sidéral. Calv récupère les boules et les range à l'intérieur de la mallette. Jean lance un regard vers le ciel et murmure, ému: «Voilà, c'est terminé.» Le groupe descend de la terrasse. Catherine retourne avec Kat à la maison tandis que les deux amis s'installent à l'intérieur du véhic-taxi. Ils ont une chose très importante à faire à l'école.

***

Assis dans l'atelier de Calv, Jean attend anxieusement le retour de son copain. Le reptile fait son apparition en trombe et braque sous les yeux du garçon une feuille de papier. Ce sont les résultats de la prise de sang du Terrien.

— Merveilleux! lance le reptile. Le virus a complètement disparu. Tu es guéri.

Jean ne sait pas s'il doit rire ou pleurer de joie. La bête est morte. Fini les crises et la hantise de voir son corps se transformer lentement en arbre noir. Dans le fond, le garçon se doutait qu'une fois le message livré, il reviendrait à son état normal. Les arbres noirs ne sont pas des monstres. Malgré la bonne nouvelle, une ombre subsiste au tableau: ses cheveux, sa grande fierté, ne repousseront jamais. Le verdict est tombé hier au grand dam du garçon. Le reptile semble deviner les pensées qui habitent son ami, car il lui demande:

— Ta crinière, c'est important pour toi?

Un silence suit. Calv tire une chaise et s'installe près du Terrien. Jean finit par dire:

— Oui, c'est important. Sur Terre, tu changes la couleur de tes cheveux ou bien tu les laisses allonger. Tu peux même les raser mais c'est ton choix! Ça va plus loin que la simple mode. Les cheveux, l'habillement, c'est une manière de s'exprimer. D'afficher qu'on existe.

— Tu sais, je suis un reptile. Nous perdons régulièrement notre peau. De l'âge adulte à la mort, notre apparence évolue peu. J'éprouve une certaine difficulté à saisir «afficher qu'on existe» en parlant de sous-produit corporel.

— Pourtant, tu es fier de la barbe que t'a donnée Bolte.

Le reptile flatte doucement le long collier de poils noirs et frisés qui pend, attaché à son cou.

— En effet. Mais les imitateurs commencent à pulluler à l'école. C'est moins amusant.

Jean secoue la tête.

— Non. Il faut passer à autre chose. Dans le fond, je devrais être heureux de m'en être tiré à si bon compte. Toi, l'année dernière, tu as perdu un bras. De toute façon, avec la mallette noire, j'ai de quoi m'occuper l'esprit. Le signal n'a pas retenti depuis notre retour de Fime, mais cela ne devrait pas tarder.

— La mallette! se fâche Calv. Elle prend beaucoup trop de place dans ta vie!

— Allons, je ne suis pas enchaîné à elle, réplique Jean. Souviens-toi: dans son message, Xède a bien précisé que je ne suis lié par aucun contrat.

— Il te connaissait trop bien, soupire le lézard. Tu es un tendre.

— Peut-être, mais réfléchis. Pourquoi Xède a-t-il voyagé vers le passé? Ce n'est pas toi qui affirmais que les reptiles de Tiäne sont obsédés par le futur? Il nous a dit avoir tenté à plusieurs reprises de changer le cours des choses. Quel évènement cherchait-il à modifier? La perte de son œuf? Sans doute, mais une chose m'intrigue. Quand j'ai trouvé Xède chez lui, il a murmuré: «La guerre, la guerre.» De quelle guerre parlait-il? Je suis persuadé que l'enfant de Xède et Tama est destiné à jouer un rôle très important pour ta planète. Une chose est sûre, je vais tout faire pour récupérer l'œuf.

— Tout ça, ce sont des spéculations. Tu sais, Xède était une personne très bizarre. Qu'il s'intéresse au passé correspond bien à sa nature étrange.

Jean hausse les épaules.

— Pense ce que tu veux. Moi, je persiste à croire que Xède ne nous a pas tout révélé. Peut-être a-t-il vu le futur et ne voulait pas nous effrayer? En passant, j'ai fait une découverte fantastique dans sa maison: une chambre remplie de cahiers noirs. Notre ami y consignait ses impressions de voyages. C'est une vraie mine d'or d'informations, en particulier sur le passé de Tiäne. J'ai l'intention de devenir l'historien de votre planète. Tu sais le fameux discours prononcé par Tama Première, j'ai été surpris de constater que ton peuple n'en possède que des fragments. Xède l'a consigné au complet.

Calv prend un air supérieur et déclare:

— Historien? Je ne veux pas te faire de peine, mais c'est une perte totale de temps. Tu ne dénicheras pas grand monde pour s'intéresser à tes recherches. Les vieilles guenilles du passé doivent être recyclées pour faire place à du neuf. Le passé est loin derrière tandis que le futur fonce vers nous à...

Au beau milieu de sa phrase, un objet métallique tombe sur la tête du lézard, rebondit et atterrit sur le sol de l'atelier. Calv se frotte la tête et maugrée:

— Ils ne peuvent pas faire attention avec leur expérience?

Le Terrien a retrouvé le projectile et le montre au reptile. Ronde et brillante, Calv reconnaît la couronne de Tama. Une autre atterrit dans l'atelier, une deuxième, une troisième...

— Vite! Sous la table! lance le lézard.

Alors que les couronnes pleuvent autour d'eux, Jean déclare avec un sourire narquois:

— Tu vois Calv, il arrive que le passé revienne.

Table des matières

Prologue 5
1. La bête 9
2. La potion 16
3. La mallette noire 21
4. La petite sœur 31
5. Le lézard au bras d'acier 38
6. Retour au village de Fime 54
7. Bolte 60
8. Celui Qui Voit 69
9. Des explications 86
10. Le service 93
11. Discussion avec l'ordi 105
12. La bombe 115
13. Le sanctuaire du Noir 128
14. Celui qui murmure 146
15. Le réveil 154
16. Les adieux 165

Du même auteur
dans la même collection

L'arbre noir

Collection
Jeunesse - pop

Titres récents

UNE NUIT BIZARRE, Francine Pelletier
NADJAL, Julie Martel
LES VOLEURS DE MÉMOIRE, Jean-Louis Trudel
LE PRINCE JAPIER, Joël Champetier
LES FORÊTS DE FLUME, Guillaume Couture
LA TRAVERSÉE DE L'APPRENTI SORCIER, Daniel Sernine
DANS LA MAISON DE MÜLLER, Claude Bolduc
LES RESCAPÉS DE SERENDIB, Jean-Louis Trudel
LE PRISONNIER DE SERENDIB, Jean-Louis Trudel
L'OMBRE DANS LE CRISTAL, Alain Bergeron
LE MAGE DES FOURMIS, Yves Meynard
LA SPHÈRE INCERTAINE, Guillaume Couture
LA QUÊTE DE LA CRYSTALE, Julie Martel
L'ARBRE NOIR, Michel Lamontagne
LE FANTÔME DE L'OPÉRATEUR, Francine Pelletier
LES PRINCES DE SERENDIB, Jean-Louis Trudel
DES COLONS POUR SERENDIB, Jean-Louis Trudel
UN TRAÎTRE AU TEMPLE, Julie Martel
LE VAISSEAU DES TEMPÊTES, Yves Meynard
LE PRINCE DES GLACES, Yves Meynard
CHER ANCÊTRE, Francine Pelletier
FIÈVRES SUR SERENDIB, Jean-Louis Trudel
UN PRINTEMPS À NIGELLE, Jean-Louis Trudel
LE FILS DU MARGRAVE, Yves Meynard
DAMIEN MORT OU VIF, Francine Pelletier
UN ÉTÉ À NIGELLE, Jean-Louis Trudel
CONCERTO POUR SIX VOIX, Collectif
LES LIENS DU SANG — TOME 1, Louise Lévesque
LES LIENS DU SANG — TOME 2, Louise Lévesque
UN HIVER À NIGELLE, Jean-Louis Trudel
LES BANNIS DE BÉTELGEUSE, Jean-Louis Trudel
LE CHÂTEAU D'AMITIÉ, Julie Martel
LA PORTE DU FROID, Claude Bolduc
UN AUTOMNE À NIGELLE, Jean-Louis Trudel
CELUI QUI VOIT, Michel Lamontagne
LA LETTRE DE LA REINE, Julie Martel
RISQUE DE SOLEIL, Louise Lévesque
LES CONTREBANDIERS DE CAÑAVERAL, Jean-Louis Trudel